KB162450

옆집 천사님 때문에 어느샌가
인간적으로 타락한 사연
Vol. 8.5
사에키상
일러스트 하네코토
©Hanekoto

# 목 차

**후지미야 아마네**

진학하고 자취를 시작한 고등학생.
집안일을 못해서 엉망으로 생활했다.
자신을 비하하는 경향이 있지만
근본은 착하고 상냥하다.

**시이나 마히루**

아마네의 옆집에 사는 소녀.
학교 제일의 미소녀, 천사님으로 불린다.
아마네의 생활을 보다 못해
식사를 챙겨 주고 있다.


©Hanekoto

「잊지 않게 오늘 무슨 일이 있었는지
써서 담아두려고요.」
©Hanekoto

「오, 오늘은, 카디건으로……」
©Hanekoto

사에키상
일러스트 하네코토
Story by Saekisan
illustration by Hanekoto

# 옆집 천사님 때문에 어느샌가 인간적으로 타락한 사연

Vol. 8.5

She is the neighbor Angel, I am spoilt by her.

© Hanekoto

일러스트

**하네코토**

## 지금까지 걸어온 길

펜이 종이를 슥슥 스쳐 딱딱한 소리를 내며 새하얀 페이지를 글자로 채워 나간다.

가녀린 손끝과 작은 볼펜이 만들어내는 글자를 보지 않도록 하면서도, 아마네는 옆에 있는 마히루가 묵묵히 두꺼운 책 일부에 검정 잉크로 글자를 적는 모습을 구경한다.

저녁 식사 후, 뒷정리도 끝마친 다음에는 둘이서 편하게 시간을 보내는데, 항상 둘이서 찰싹 달라붙어 지내는 건 아니다. 같은 반 아이들은 물론이고 이츠키도 착각하니까 웃어야 할지 말아야 할지. 아마네와 마히루가 하루 내내 달짝지근하게 지낸다고 여기는 듯하다.

실제로는 각자 할 일이 있으면 하니까 항상 공동 작업이나 애정 행각을 벌이는 것도 아니다. 공간을 공유하기는 해도 각자 좋아하는 일을 하며 조용하게 시간을 보내는 것이다.

오늘도 역시 마히루는 아마네의 옆자리를 확보하면서 혼자 조용히 뭔가 쓰고 있었다.

아무리 애인이라도 내용을 보는 건 무례한 짓 같아서 보지 않으려고 하지만, 뭔가 글자를 쓰는 건 알겠다. 예전에 요리법을 정리하거나 평가를 정리해서 쓴 적은 있지만, 이번에는 그런 노트가 아니다.

슬쩍 봐서는 가죽 장정의 책 같다.

"뭘 쓰고 있어?"

방해하면 미안하지만, 너무 묵묵히 쓰고 있어서 궁금한 나머지 말을 거는데, 그러자 마히루는 곧바로 고개를 들어서 의아해하는 표정을 지었다.

이어서 아마네의 시선이 마히루의 손으로 옮겨가는 걸 보더니 "아아."라며 납득한 소리를 냈다.

"이건 일기……라고 하면 될까요. 잊지 않게 오늘 무슨 일이 있었는지 써서 담아두려고요."

"오, 성실하다고 할지. 꼼꼼하다고 할지."

뭘 하나 했더니, 일기를 쓴 듯하다. 듣고 보니 마히루의 손에 있는 책이 그런 느낌으로 보인다.

여고생이 좋아할 법한 귀엽거나 예쁜 모양이 아니라 중후하고 튼튼해 보이는 것이 마히루답다고도 할 수 있었다.

잘 간직했는지 눈에 띄는 손상은 없지만, 제법 손때를 오래 탄 물건처럼도 보인다. 적어도 최근에 시작한 건 아니리라.

"매일 쓰는 거야?"

"아뇨. 그렇게 빈번하게 쓰진 않고요. 뭔가 일이 있을 때 쓰는 느낌이에요. 어릴 적부터 몸에 밴 습관이라고 할까요……."

"괜찮잖아. 그날 있었던 일을 기록하면 나중에 그런 일도 있었다고 떠올릴 테니까."

"좋은 일이든 나쁜 일이든, 말이죠."

아마네도 일기는 아니어도 뭔가 메모할 일이 생기면 스마트폰의 스케줄 앱에 간단히 기록한다. 나중에 떠올리고 도움이 되는 일이 있기 때문이다.

"뭐, 감정이나 정보를 정리하는 데는 딱 좋다고 봐요. 여기에 기록해 두면 무슨 일이 있었는지 금방 떠올릴 수 있으니까요. 아마네 군과 만난…… 처음 이야기했을 때 일도 적었는걸요?"

" '이 인간 뭐야?' 라고 생각했다에 한 표."

아마네와 마히루가 서로를 인식하고 처음 이야기한 건 우산을 준 그날이다.

지금 생각하면 참 무뚝뚝했고, 태도는 쌀쌀맞았으니까 당시의 첫인상은 확실히 좋지 않았다. 아마네 자신도 그렇게 여기니까 마히루가 봤을 때는 그보다 더 심했으리라.

애초에 본인은 별로 말하지 않지만, 그날 마히루는 자기 어머니가 모질게 대한 결과로 그 공원에 혼자 있었다. 상처받은 사람에게 무뚝뚝하게 말을 걸면 당연히 기분이 좋지 않을 것이다.

생각할수록 태도를 조금만 더 어떻게 할 수 없었는지 하는 후회가 밀려들지만, 당사자인 마히루는 아마네의 얼굴을 보고 즐겁게 웃었다.

"후후. 부정하진 않겠지만, 별로 기분이 나쁘진 않았어요. 깜짝 놀랐다는 부분이 더 컸으니까요. 아마네 군이 쿨한 건 학교에서 봤을 때도 어렴풋이 알았고요. 흑심이 있어서 우산을 빌려준 게 아니라는 것도 알았으니까요."

"그렇다면 다행인가."

"네. 아마네 군이 그런 태도여서 다행이라고 할까요…… 모르는 사람이 갑자기 친절하게 굴면 오히려 무섭지 않나요? 모르는 사람이 갑자기 거리를 좁히면 무서우니까요."

"뭐, 그건 그렇지."

그 무렵의 마히루에게 타인은 신용할 수 없는 존재였으리라. 자신의 가치와 지위를 잘 알기에, 누구와도 접촉하지 않도록 일정한 선을 긋고 있었던 듯했다.

"결과적으로 그런 태도가 접촉해도 괜찮다는 확신을 쌓는 토대가 된 거니까요. 나쁜 일이 아니에요."

"그렇다면 다행이지만 말이야. 조금만 더 태도와 말을 신경 썼으면 좋았다고 후회해."

아마네는 내가 생각해도 참 무뚝뚝했다며 반성하지만, 마히루는 즐겁게 웃기만 한다.

"아마네 군, 그때는 무뚝뚝한 표정과 태도가 너무 두드러졌으니까요."

"죄송합니다."

"혼내는 게 아닌데 말이죠."

우아하게 입에 손을 내고 속삭이듯 소리를 내 웃는 마히루에게 눈을 흘기자 웃음만 더 진해지니까, 아마네는 더는 못 해 먹겠다는 듯이 고개를 홱 돌렸다.

웃음소리는 계속되지만, 놀리는 듯한 말은 더 들리지 않았다.

그때 힘들었던 사람은 마히루니까 이 정도로 놀리는 건 딱히 아무렇지도 않지만, 그렇다고 해도 놀림당하는 건 달갑지 않다.

"거참." 하고 작게 한숨을 쉰 다음 복수라는 것처럼 뻔뻔한 얼굴로 마히루의 등을 손끝으로 어루만지자 몸을 흠칫하는 걸 알 수 있었다.

다만 그걸 따질 마음은 없는 듯, 마히루는 옆에 앉은 아마네의 허벅지를 찰싹 때리는 것만으로 벌을 준 것 같다.

그대로 일기장에서 펜을 움직이니까, 어쩌면 방금 있었던 일을 적는 걸지도 모른다.

이상하게 적어서 훗날 마히루에게 이런 일이 있었다며 놀림당할 것 같으니까 마음이 복잡해지지만, 막을 권리가 없으니까 아마네는 입술을 꾹 다물고 기분 좋게 일기를 쓰는 마히루를 바라본다.

매일 쓰는 건 아니다. 한 번에 한 페이지를 다 쓰는 것도 아니다. 그리고 그럭저럭 세월을 탄 듯한 가죽 장정이란 것도 보면 알 수 있다. 따라서 제법 오래전부터 일기를 쓴 거겠지.

3분의 2 정도 넘어간 페이지를 봐서는 오랫동안 기록을 남긴 것 같다. 그만큼 마히루의 성장과 함께한 것이다.

"궁금해요?"

내용을 보지 않도록 하면서도 일기를 쓰는 모습을 구경하고 있자 시선을 눈치챈 듯한 마히루가 슬쩍 고개를 갸우뚱했다.

"음. 궁금한 건 사실인데, 그건 마히루가 지금까지 남긴 기억과 감정이잖아? 좋은 것도, 나쁜 것도 다 포함해서. 남에게 보여주기 싫은 거라면 억지로 알고 싶지는 않아."

아마네는 자기가 생각해도 독점욕이 조금 강하다고 여기지만, 그 마음만으로 상대를 속박해서는 안 된다.

자신의 감정을 우선하려고 상대의 기분을 상하게 하기는 싫고, 애초에 뭐든지 다 아는 것이 좋은 일이라고는 생각하지 않았다. 감춰야 하는 건 감추는 게 좋고, 말할지 말지는 마히루가 정할 일이다. 아마네에게는 선택할 권리가 없으리라.

"감추고 싶은 일도 있을 테니까, 그걸 내가 보는 건 바람직하지 않아. 애인이라고 해서 뭐든지 알아내려고 할 만큼 무식하지도, 무신경하지도 않다고. 누구든 묻어두고 싶은 것이 한두 개쯤은 있으니까."

"아마네 군은 너무 고분고분해서 곤란해요."

"저기요."

왠지 황당해하는 것 같아서 아마네로선 난처한데, 그게 멸시가 아니라 칭찬으로 기운 것을 아니까 더는 불평하지 않았다.

"나는 마히루가 아니니까…… 전부 알 순 없고, 몰라도 된다고 봐. 개인적인 비밀도, 사생활도 존중해야 한다고."

"후후. 그건 알지만…… 호기심이 생겨서 알고 싶지는 않을까 해서요."

"엿볼 마음은 없어……. 마히루가 말해주고 싶은 걸 말하면 그걸로 족해."

마히루가 알려주고 싶은 걸 말하면 된다. 그렇게 어디까지나 마히루의 의사를 존중하는 자세를 보이자 마히루는 "음." 하고 고민하는 기색을 드러내며 일기장을 넘긴다.

"말해주고 싶은 것이라고 하면, 어렵네요."

팔락팔락. 가녀린 손끝이 마히루의 인생을 기록한 종이를 넘기고, 지금보다도 조금 앳된 느낌으로 둥글둥글한 글자가 나열된 페이지가 나타날 때까지 계속된다.

"딱히 재미있는 내용을 적은 건 아니니까요. 일기라고 할까, 단순한 기록이라고 할까, 보고서 같은 느낌이거든요. 일기 같은 느낌으로 쓰기 시작한 건 중학생 무렵일까요. 정신적으로 미숙하다 보니까 싫은 일이 생겼을 때 머릿속에 담지 않고 일기에 불만을 쓸 때도 있었어요."

"그렇게 말하면 미숙하니까 주위에 신경질을 부리는 사람은 아기나 다름없게 되는데."

"뭐, 주위에 화풀이하는 시점에서 자신의 감정을 주체하지 못하고 남들이 달래 주기를 바라는 거니까, 어린아이 같은 측면이 있는 건 부정할 수 없지 않을까요?"

"신랄하지만, 그렇겠지. 조심하겠습니다……."

"왜 지금 아마네 군이 풀이 죽는 거예요?"

"그게 있지. 나도 그런 면이 있을지도 몰라서."

아마네 자신은 별로 화내는 성격이 아니고, 애초에 남에게 화풀이할 만큼 사람들과 교류하지도 않는다. 하지만 어쩌면 단순히 남에게 화풀이하는 측면을 눈치채지 못한 걸지도 모른다.

이런 건 본인이 잘 모르는 경우가 종종 있으니까, 다시금 자신에게 경고함으로써 과거와 미래의 본보기가 된다. 아마네는 그런 마음으로 한 말인데, 마히루는 조금 생각에 잠긴 기색을 보였다.

"떼쓰는 아마네 군, 좋네요……."

"좋지 않아!"

"반쯤은 농담이에요."

"반쯤."

"저기, 신선하고 귀여울 것 같아서요."

"아무리 생각해도 화풀이는 정신적 폭력이니까 귀엽고 자시고 하지 않을 것 같은데……."

애초에 자신이 떼쓰고 마히루에게 화내는 모습은 상상하기만 해도 토가 나올 것 같다. 어린아이가 그런다면 귀엽겠지만, 아마네의 겉모습은 조금 어린 티가 남았다고는 해도 엄연히 어른에 가깝다.

그런 사람이 자기 뜻대로 안 된다며 징징대는 모습은 누구든 보기 싫겠지. 마히루는 단순히 아마네가 감정을 고스란히 드러내는 모습을 보고 싶은 거지, 아마네가 유치하게 구는 걸 긍정하지는 않을 것이다.

"아무튼, 아마네 군이 남에게 화풀이하는 일은 거의 없을 거예요. 아마네 군은 은근히 자책이 심한 사람이니까요. 어느새 혼자 비하하고, 멋대로 풀이 죽잖아요."

"윽."

"무슨 일이 생기면 자기가 잘못한 거라며 진심으로 풀이 죽는 유형이니까요. 상대가 압도적으로 잘못했어도 기본적으로 자기가 잘못한 걸 신경 쓰는 성격이고요."

"상대가 100퍼센트 잘못하는 일은 어지간해선 없잖아……."

마히루가 말한 대로, 굳이 따지자면 아마네는 자신에게 원인이 있지 않을까 생각해서 위축, 하지는 않더라도 조용해지는 성격이다.

"100퍼센트는 아니어도, 상대가 99.9퍼센트 잘못했을 때는 있는데요?"

"그건 그렇겠지만."

"저도 비슷한 성격이지만, 아마네 군보다는 선을 잘 긋는다고 생각하니까요. 제 행동거지를 돌이켜 보기는 하지만, 자신에게 잘못이 있는지는 객관적으로 보고, 불필요한 사죄나 반성은 안 해요. 자책으로 마음이 망가지고 싶진 않으니까요."

이렇듯 마히루는 깔끔하게 선을 그을 수 있으니까 행동거지도 그렇게 된다. 아마네로선 그게 부러울 따름이다.

"뭐, 옛날의 저는 감정 처리가 조금 잘되지 않아서 귀엽지 않았다는 얘기예요. 처신도 더 서툴게 했고요. 정말이지 그땐 참 어렸구나 하는 감상이 나와요."

"귀엽지 않다니."

"왜 그걸 의심하는 거죠?"

"귀여움으로 똘똘 뭉친 주제에 뭔 소리를 하나 싶어서."

본인은 모르는 눈치이지만, 일부러 그러는 게 아닐까 싶을 정도로는 귀여운 말과 행동을 보이고 있으니까 아마네로선 대체 무슨 소리를 하는 건지 모르겠다는 상태다.

마히루는 천사님의 말과 행동은 본인이 의도해서 하는 거니까 예쁘거나 우아하다는 평가를 듣는 게 당연하다고 여기는 구석이 있다. 하지만 그걸 전부 걷어내고 아마네와 단둘이 있을 때의 마히루의 행동거지는 무의식에서 우러나온 것이다.

가끔 어디 사는 누군가가 부추겨서 도발할 때도 있지만, 그 밖에는 전부 본인의 원래 성격.

다른 사람이 하면 일부러 노린 것처럼 느껴지는 귀여운 몸짓과 말도, 마히루 본인은 무의식중에 하는 거니까 참으로 무시무시하다.

"귀염성이 없다고 말한 사람이 누구였죠?"

"사람 보는 눈이 없는 당시의 나입니다."

그때는 정말로 미안했고 말이 지나쳤다고 반성하니까, 지적당하면 아마네도 미안함이 앞선다.

"아마네 군이 말한 것처럼, 실제로 귀여운 구석이 없었던 것 같은데요……."

"지금의 내가 그 시절의 마히루를 보면 무척 귀엽다고 느낄 거야."

"눈에 콩깍지가 씐 게 아니고요?"

"콩깍지를 떼고 봐도 귀엽다고 생각할 텐데 말이지. 고슴도치 같아서."

누구에게도 마음을 허락하지 않는 천사님의 가면을 쓰고, 은근슬쩍 다른 사람들과 일정한 거리를 두고 접근하지 못하게 거부하던 마히루의 모습. 그건 이렇게 있는 그대로를 아는 지금의 아마네가 보면 가시를 무수히 세운 고슴도치 같다.
천사님 스타일은 본인이 몸과 마음을 지키기 위한 처세술이니까 이러쿵저러쿵 따질 마음이 없지만, 지금처럼 확 풀어지고 수줍어하는 마히루를 보면 정말로 같은 사람이 맞는지 의심될 정도다.
놀리려는 마음은 없고, 오히려 흐뭇해서 귀여울 정도로 여겨서 뺨이 부드럽게 풀어지는데, 마히루는 반대로 뺨에 힘을 주고 공기를 넣어 풍선처럼 만든다.
그 왠지 모르게 앳된 모습이 너무 귀여워서 무심코 "지금은 다람쥐일까?" 라고 말을 덧붙이자 마히루가 아마네의 옆구리를 슬쩍 때렸다.
찰싹찰싹 때리며 불만을 호소하는 모습은 역시나 귀엽다.
아마네한테만 이러는 걸 아니까 더더욱.
"뭐, 결국 처음 만났을 때보다 훨씬 솔직하고, 애교를 잘 부리고, 외로움을 잘 타는 새끼 고양이가 된 셈이지."
"가면을 안 쓰게 됐는데도요……."
"가면을 안 쓰게 됐으니까 그런 거지."
가면을 쓸 필요가 없어졌다고 보는 게 더 정확할지도 모른다.
아마네의 앞에서 꾸밀 필요가 없어졌다. 아마네는 꾸미지 않은 자신을 받아들여 주었다는 신뢰가 있으니까, 마히루는 약한 부분을 드러내 주었다.
그 신뢰가, 드러낸 애정이, 그 무엇보다도 기쁘다.
"아마네 군 앞에서는 안 써도 돼요……."

"처음부터 별로 쓰지 않았던 것 같지만 말이야."
"그건 미안하네요."
"미안해."
"사죄로, 머리를 쓰다듬어 주어도 되는데요……?"
기대하듯 머리를 내미는 마히루를 보고 무심코 웃음이 나올 뻔하며, 아마네는 부드러운 머리카락에 손바닥을 댄다.
잘 관리해서 비단결 같은 황갈색 머리카락은 손가락이 잘 들어가서, 손가락을 조금만 움직여도 걸리는 일 없이 스르륵 빠져나가는 데다가 말로 표현할 수 없는 상쾌하고 달콤한 향기를 슬쩍 퍼뜨렸다.
사르륵 소리를 내며 미끄러지는 머리카락을 쓸듯이 꼼꼼하게 손가락으로 어루만지자 못마땅한 눈치였던 표정이 점점 행복이 짙게 드러난 것처럼 부드럽게 풀린다.
"이러면 되겠사옵니까, 아가씨."
"좋아요."
그 말대로 만족한 표정을 숨기지도 않고 드러내는 마히루에게서 꼬리를 붕붕 흔드는 환상이 보인 건 어쩔 수 없으리라.
"고양이 같다고 할까, 강아지 같다고 할까."
"뭐라고 했어요?"
"아무 말도 안 했사옵니다."
너무 말했다간 또 토라질 것 같으니까 가슴속에 담듯이 말을 삼키고, 이어서 순순히 응석을 부리는 마히루의 머리를 쓰다듬는다.

일단은 못 들은 척해 준 듯한 마히루가 목에서 소리를 내고 아마네의 손바닥을 받아들이듯 슬쩍 몸에 기댄다.

그 손에서는 아직 일기장이 존재감을 주장하고 있었다.

"마저 안 써도 돼?"

"이게 다 끝난 다음에, 아마네 군이 사람을 동물처럼 다뤘다고 쓸 거예요……."

"그렇게 쓰면 내가 문제행동을 일으켰다고 나중에 마히루가 생각할 거잖아."

"후후. 기억나지 않으면 대체 뭘 한 거냐고 물어볼 것 같네요."

쓰는 건 확정인지, 마히루가 일기장을 펼치고 쓰다 만 부분을 손으로 슬쩍 만진다.

"추억을 많이 만들고 싶으니까요. 지금껏 쓴 일기처럼, 적어서 양식으로 삼고 싶거든요."

그렇게 다시 페이지를 넘겨 과거로 돌아가는 마히루는 기억을 더듬듯 눈을 가늘게 뜨며 조금 오래된 듯한, 색이 살짝 바랜 잉크로 나열된 글자를 바라봤다.

"아마네 군이 없었을 때는, 역시, 이렇게 충족할 수 없었다는 걸, 알 수 있네요……."

후회하는 느낌도, 불만스러운 느낌도, 괴로워하는 느낌도 없이, 그저 기억을 떠올리고, 과거를 돌이키는 듯한 눈빛으로 부드럽게 말한 마히루는, 꽤 오래전에 썼을 그 페이지를 펼치고 조용히 눈을 감았다.

## 닮은 것 같으면서도 다른 사람

어느 휴일.

애용하던 샴푸가 다 떨어지려고 해서 예비를 사러 가는 김에 평소 다니는 미용실에서 머리끝을 정리하고 앞머리를 쳐서 트리트먼트를 받은 다음에 돌아오는 길.

잠시 쉬려고 카페에 들렀더니 한 좌석에서 낯익은 얼굴을 발견했다.

휴일이라서 사람이 많아 남은 자리가 별로 없어서 빈자리를 찾으려던 결과 아는 사람을 발견한 건데, 말을 걸지 말지 고민되는 참이었다.

그 사람이 치토세라면 편하게 말을 걸었겠지만—— 낯익은 그 상대는 마히루와 직접적으로 엮이지 않던 사람이었기 때문이다.

(친하다고는 말할 수 없단 말이죠.)

그 사람, 카도와키 유타와의 거리감을 재지 못한 채. 마히루는 이렇게 카페에서 목격하고 말았다.

솔직히 마히루에게 유타는 아마네와 이츠키, 치토세의 친구 포지션이다.

물론 마주치면 평범하게 이야기하지만, 마히루의 친구냐 하면 솔직히 긍정하기 어렵다. 이츠키와도 아직 약간 거리감이 있으니까, 그 친구인 유타라면 더더욱 그렇다.

친구의 친구란 느낌으로, 나쁜 사람은 아님을 알면서도 친하다고는 말하기 어렵다. 그런 식이어서 일부러 밖에서 일방적으로 눈에 띄었을 때 말을 걸 정도의 교우는 없다.

난처해서 끙끙대면서도 주문한 음료를 올린 쟁반을 두 손에 들면서 잠시 우두커니 서 있지만, 주위 손님에게 불편을 끼칠 것을 생각해서, 주저하면서도 2인석에 앉아 조용히 독서 중인 그에게 다가갔다.

"카도와키 씨, 안녕하세요."

"어? 아, 시이나 양. 안녕."

마히루는 조심스럽게 말을 걸었는데, 갑자기 이름이 불려서 놀랐는지 유타는 허둥대는 기색으로 고개를 들었다.

휴일이라서 사복 차림인 유타는 마히루가 봐도 미남이다. 고개를 들자 주위 여자들이 조금 술렁거렸다.

놀란 표정에서 푸근하게 미소를 짓기만 하면 주위에서 입을 다무니까, 이 사람은 큰일이리라.

"오늘은 뭔가 사러 나온 거야?"

"네. 잠시 쉬려고 들렀다가 카도와키 씨가 보여서요."

손목에 건 쇼핑백을 조금 보여주듯 흔들자 유타는 납득한 것처럼 고개를 끄덕였다.

"그랬구나. 고생했어. 앞자리 쓸래? 다른 자리는 없어 보이니까.”

“고마워요. 자리를 같이 쓸게요.”

마히루는 스스로 생각해도 뻔뻔하다고 느끼면서도 호의를 받아들여 맞은편 자리에 앉았다.

학교에서 두 사람의 영향력을 생각하면 이런 데서 동석하는 건 조금 위험할지도 모른다. 주위에 같은 학교 학생이 없다고는 단언할 수 없다.

그러나 빈자리가 없는 데다가 다른 테이블을 봐도 빌 것 같지 않으니까 어쩔 수 없다고 판단했다.

쟁반을 테이블에 두고 한숨을 돌린 마히루에게 미소를 지으며, 유타는 테이블에 펼쳐 놓은 파일을 자기 쪽으로 끌어당겼다. 참고서와 필통도 있는 걸 보면 카페에서 혼자 공부하고 있었던 것이리라.

“카도와키 씨는…… 오늘은 육상부 활동을 쉬는 것 같네요. 지금은 공부 중인가요?”

“응. 집에서 하려고 했는데, 누나가 시끄러워서.”

“누나가요?”

그러고 보니 잡담 중에 유타에게 누나가 있다는 말을 아마네에게 들은 적이 있는데, 난처한 기색으로 시끄럽다고 하는 말에는 조금 눈이 휘둥그레진다.

가족에 관해서는 잘 모르지만, 고등학생치고는 제법 차분하고 성격도 온화한 유타의 누나가 유타가 난처해할 정도의 성격인 것은 도저히 상상할 수 없었다.

눈을 몇 번 깜빡인 마히루에게, 유타도 "믿기지 않겠지?"라며 쓴웃음을 짓는다.

"여자한테 할 말은 아니지만……. 그 왜, 집안에 남자가 혼자 있고 누나가 많으면 누나한테 거역할 수 없는 현상이 생긴다고 할까. 숫자에 밀려서 시키는 대로 들을 수밖에 없다고 할까…… 너무 부려 먹히니까 말이지."

"뭐, 그런 가족도 있겠죠."

마히루는 당연히 외동——어쩌면 어머니가 밖에서 아이를 낳았을지도 모르지만——이므로 형제가 있다는 감각을 모른다.

그 이전에 평범한 가정이란 것을 도무지 이해하지 못하므로, 형제가 어떤 느낌으로 접하는지 몰랐다. 서열이 있다는 말을 들어도 감이 안 온다.

"가정마다 다르겠지만, 우리 집은 누나들이 기가 세서……."

"후후. 카도와키 씨는 온화하고 다정하니까, 누나들이 바라는 대로 움직이는 거겠죠."

"말은 하기 나름이지."

"긍정적으로 돌려 말하는 게 좋을 것 같아서요."

아무튼 유타에게 난처한 일인 건 사실이겠지만, 이럴 때 누나에 대해서 뭔가 부정적인 감정으로 동조하는 건 좋지 않다며 유타를 칭찬하는 쪽으로 맞장구를 치자, 유타는 이상하게 거북한 표정을 지었다.

유타에게서는 누나에 대한 악감정이 보이지 않고 본인도 싫은 눈치는 아니니까 이걸로 틀린 건 아니겠지.

“뭐, 집에 있어도 자꾸 잡일을 시키고, 그렇다고 도서관에서 공부할 정도로 성실한 마음가짐도 없으니까 딱 알맞게 숨을 고를 수 있는 여기를 찾은 거야.”

“그렇군요.”

유타의 말은 이해했지만, 채 이해하지 못하는 부분이 있다.

“하지만 숨을 고를 수 있기는 하나요?”

주위로 시선을 슬쩍 돌리자 젊은 여자들이 하나같이 이쪽으로 시선을 돌려 속닥속닥 이야기하는 게 보인다.

이야기 내용을 일일이 들을 마음은 안 생기지만, 필시 유타에 관해서 뭔가 말하는 거겠지.

유타도 마히루가 의도하는 바를 눈치챘는지 슬며시 웃고 있다.

“음. 그럭저럭. 익숙하니까.”

“카도와키 씨도 고생이 참 많군요.”

“아하하. 시이나 양 정도는 아니야.”

“그렇다면 저도 익숙하다고 받아칠 건데요?”

“피차 고생이 많아.”

“그러네요. 곤란해요.”

마히루도 유타도, 이런 점에서는 닮은꼴이리라.

들으면 쓴웃음이 나오지만, 천사님과 왕자님으로 불리는 사람이며, 외모가 좋은 편이다.

적어도 의도한 바가 아니어도 이성들이 떠받들어 주고, 자주 말을 걸거나 시선을 주거나 한다. 유타도 지금의 상황을 봐서는 똑같은 경험을 한 것 같다.

다른 점이라면 마히루는 일부러 그렇게 행동한다는 것이고, 유타는 아마도 바탕이 그렇다는 거겠지. 마히루처럼 숨긴 본성이 있다고는 생각되지 않는다.

"시이나 양은 곤란하다고 인식하는구나?"

"어머, 저는 딱히 뭐라고 안 했는데요."

"나도 딱히 뭐라곤 안 했으니까."

"후후."

똑같은 부류라고 생각했는데, 어쩌면 성격에도 다소 비슷한 구석이 있을지도 모른다.

마히루처럼 숨긴 본성은 없을 듯하지만, 뭐든지 청렴하고 겉과 속이 똑같은 사람은 아닌 것 같다. 다만 사려가 깊은 건 사실이리라. 마히루가 더 파고들지 않도록 띤 미소에, 유타도 온화하게 웃어 보인다.

"뭐, 이렇게 서로 눈치를 봐도 불편하기만 하니까 그만두자. 게다가 시이나 양도 여러모로 곤란할 게 뻔하니까, 피차 고생이 많다고 해두자고."

"그러네요."

서로 속을 캐려고 해도 좋은 일은 없다며 쉽사리 화제를 중단한 유타에게 조금 안도하며, 마히루는 역시 방심할 수 없다는 느낌이 들었다.

유타는 다른 사람과 소통하는 걸 좋아하지 않고 경계심이 강한 아마네와도 친하게 지내니까 문제가 없는 사람임을 알고, 마히루가 평소 학교에서 보는 한에서 인성은 훌륭하다고 생각한다.

골든위크 때 아마네와 데이트 중 마주쳤을 때도 비밀로 해 줬고, 천사님이라는 색안경을 끼고 보면서도 적절하고 부드럽게 대해 주니까 인품이 아주 좋은 사람이리라.

그런데도 미묘하게 경계하는 건 이미 버릇이나 다름없을지도 모른다.

과거에 아마네를 보고 다른 사람을 꺼린다는 인상이 들었는데, 사실 다른 사람을 꺼리는 건 마히루다.

기본적으로 다른 사람은 신뢰할 수 없다는 사실을 염두에 두고, 얇게, 아주 얇게, 퍼스널 스페이스를 지키기 위해 보호막을 치면서 천사님으로서 행동했으니까, 완전히 신용할 수 없는 거겠지.

싫은 게 아니라, 잘 몰라서 이해할 수 없는 존재라는 인식이다.

그런 마히루의 마음속 평가를 모르는 유타는 평소처럼 푸근하게 웃으며 마히루에게 묻는다.

"시이나 양은, 오늘 시라카와 양하고 같이 나왔어?"

"아뇨. 오늘은 혼자예요. 치토세 양은 아카자와 씨와 약속이 있는 것 같고, 매번 함께하는 것도 아니니까요."

그야 치토세는 같은 여자 중에서 가장 친하지만, 항상 함께 다니는 건 아니다. 치토세도 다른 친구가 많으므로, 그 친구와 놀거나 남자친구인 이츠키와 지낼 때도 있다.

게다가 오늘은 사전에 치토세의 예정을 들었으니까 부르지도 않았다. 헤어케어 상품을 사는 데 굳이 와 달라고 부탁할 수도 없고, 애인과의 시간을 방해했다간 천벌을 받을 것 같다.

"아, 이츠키가 그런 소리를 했었어. 난 시이나 양이 시라카와 양과 항상 함께 있는 것처럼 느꼈으니까 말이지."

"후후. 교류한 지는 얼마 되지 않았지만요."

"임팩트가 커서 그럴까? 시라카와 양, 시이나 양을 보면 '마히룽!' 하고 놀러 가는 느낌이 있으니까."

"하긴. 자주 놀러 와요."

다정한 치토세는 마히루를 잘 대해 주고, 치토세가 먼저 팍팍 들이대니까 주위에도 마히루와 치토세가 사이좋다는 인상이 정착한 것이리라.

오랫동안 친하게 지낸 분위기를 물씬 내지만, 치토세와 친해진 건 올해 들어서다. 시간으로 보면 사실 얼마 되지 않았다.

"사이가 참 좋다고 봤는데, 그렇구나. 얼마 안 됐네. 난 1학년 때 시라카와 양과 시이나 양과는 다른 반이었으니까…… 언제부터 그랬어?"

"직접 교류하기 시작한 건 올해 초부터일까요."

"아, 반년도 안 됐구나."

"그토록 잘해 주니까, 정말 고마울 따름이에요."

어째서 그토록 마음에 들었는지는 본인도 잘 모르는 눈치이지만, 겉과 속이 없는 치토세의 명랑함과 털털한 태도에는 여러 번 도움을 받았다. 기운이 조금 너무 넘치는 구석도 있지만, 그것도 애교겠지.

"시라카와 양이 시이나 양을 좋아하는 거구나. 시라카와 양에게 자주 이야기를 듣는단 말이지."

"치토세 양도 참, 무슨 소리를 하는 걸까요……."

설마 유타에게도 이것저것 말했을 줄은 몰라서, 무심코 여기에 없음을 알면서도 투덜대고 말았다.

치토세에게는 유타에게 보여주지 않는 모습과 언동을 보여주므로 그런 이야기를 퍼뜨리고 다니지 않을까 몹시 걱정되지만, 마히루를 보는 유타의 눈빛은 평소와 다르지 않으니까 뭔가 이상한 소리는 하지 않았을 것으로 믿고 싶었다.

나중에 치토세에게 슬쩍 경고하자고 속으로 결심하며 제법 식은 카페오레를 마시는데, 유타는 여전히 푸근한 눈빛으로 마히루를 바라보고 있었다.

"의외로 평범하게 이야기해 주는구나……."

"뭐가요?"

마히루가 목을 조금 축인 다음에 되묻자 유타는 잠시 "음, 뭐라고 하면 좋을까."라며 머뭇거리듯 말을 이었다.

"아니, 내가 말하긴 뭐하지만. 시이나 양은 딱히 나랑 친한 것도 아니잖아? 시이나 양에겐 친구의 친구 정도일 테고, 그런 관계라면 같이 있을 때 곤란하지 않을까 싶었거든."

유타도 마히루가 생각한 부분을 우려했을 줄은 미처 몰라서 눈을 크게 껌뻑이는데, 유타가 걱정하는 듯이, 난처한 듯이, 이도 저도 아닌 눈치로 슬쩍 웃으니까 조금 붕 떠버린 경계심을 차분하게 가라앉힌다.

"그야 하나도 거북하지 않은 건 아니지만요. 카도와키 씨의 인격은 잘 아니까요."

"나를 인정해 주는 건 고마운걸. 나는 시이나 양이 나를 꺼리는 줄 알았어."

"꺼린다고요?"

"아, 꺼린다고 할까. 엮이면 골치 아플 것 같으니까 피한다는 느낌?"

역시나 그렇다고 할까. 유타는 주위의 평가와 시선에 민감하고, 총명한 사람이었다.

마히루도 유타도 서로 접근하지 않은 배경에는 확실하게 골치 아픈 일이 일어날 것이라는 이유가 있다. 물론 관심이 없다는 것이 가장 큰 이유이지만, 엮였다간 귀찮아질 것 같다는 이유도 나름 있었다.

남자들에게 인기가 있는 마히루와 여자들에게 인기가 있는 유타. 그런 두 사람이 친하게 지내면 누군가 한 사람이 피해를 볼 가능성도 생각할 수 있고, 귀찮은 일이 평소보다도 더 많이 생길 것은 상상하기 어렵지 않다.

마히루도 아마네가 유타와 친하지 않았다면 이렇게 같은 자리를 쓰는 것을 고려하지도 않았다. 괜한 우려를 늘리지 않기 위해서 가까이하지 않으면 불똥도 안 튄다는 느낌으로 거리를 벌리는 것을 선택했으리라.

유타도 그걸 아니까 똑같이 부끄러운 별명이 생긴 사람인데도 접촉하지 않았던 거겠지. 단순히 마히루와 똑같이 상대에게 관심이 없었다는 것이 마히루로선 설득력이 있겠지만.

"그렇군요. 그런 점에서는 우려한 적도 있지만, 그게 카도와키 씨를 인격 면에서 꺼릴 이유는 안 될 텐데요."

"하긴, 그렇겠지……."

"서로 적절한 거리를 유지하지 않으면 이상한 억측이 생긴다는 점에서 거리를 두고 있었지만, 딱히 카도와키 씨를 이러쿵저러쿵 생각한 적은 없어요."

지금도 다소 경계하고 있고 방심할 수 없는 사람으로 여기고는 있지만, 유타의 인격을 불쾌하게 느낀 적은 없고, 오히려 좋은 사람으로 여긴다.

적어도 지금처럼 이야기할 정도로는 다른 사람을 꺼리는 마히루가 받아들일 수 있는 인격이다.

"그렇다면 고맙고."

"반대로, 저는 카도와키 씨가 저를 꺼리는 줄 알았어요."

"그렇진 않은데 말이야."

"그렇다면 다행이고요."

유타도 본인의 영향력을 생각해서 먼저 말을 걸지 않는 걸 알지만, 다른 사람이 없을 때도 태도는 거의 바뀌지 않는다. 그리고 미묘하게 어색해하는 느낌이 들 때가 있어서, 유타가 마히루에게 뭔가 거리감을 느끼는 줄로만 알았다.

정곡을 찔린 느낌이 아니라 그저 생각지도 못한 말을 들어서 난처한 것처럼 눈썹을 움직이는 유타에게, 마히루는 자신의 착각이었다며 인식을 고치고 슬쩍 한숨을 쉰다.
“그나저나 나랑 차를 마시고 있어도 되는 거야?”
“네?”
나도 아직 멀었구나 싶어서 탄식했을 때, 영문을 모를 소리를 들었다.
평소 느낌으로 되묻는 바람에 유타가 놀란다. 마히루가 헛기침하고 “무슨 뜻이죠?”라고 다시 물어보자 유타는 아까와는 다른 느낌으로 난처하게 웃는다.
“아니, 후지…… 그 사람이 있는 곳으로 빨리 가야…… 돌아가야? 돌아가야 하지 않을까 싶어서.”
이름을 말하지 않은 건 주위를 배려한 것이리라.
다만 그렇게 배려할 줄 안다면 애초에 물어보지 않았으면 좋겠다. 하마터면 손이 심심해서 만지던 카페오레를 흘릴 뻔했다.
동요한 것을 들키지 않게끔 신중하게 유타를 쳐다보는데, 본인은 어째서인지 의아해하는 표정을 짓고 있었다.
“어, 어째서 그렇게 생각하는 거죠?”
“어? 평소에 같이 살잖아?”
“어, 어떻게.”
“아니, 그건 보면 안다고 할까…… 그토록 태도에 드러나면, 아는 사람이 보면 그렇다고 금방 알 수 있는데. 평소에 같이 산다고 말이야.”
일단 유타에게는 아마네의 집에 식사를 준비하러 간다는 사실을 설명한 바가 있으니까 그만큼 가까운 사이임도 이해하고 있다. 하지만 평소에 같이 산다는 식으로 여길 줄은 미처 몰랐다.

물론 마히루는 아마네의 집에서 지낸다. 이제는 그쪽이 진짜 집이 아닐까 싶을 정도로는 눌러앉고 있고, 밥 먹을 때가 아니어도 아마네의 집에서 시간을 보내고 있다.

아마네가 그걸 거부한 적은 없고, 평범하게 받아들이고 있으니까 이게 당연한 것처럼 되었는데, 조금 거리감이 있는 사람이 그 사실을 들이댔을 때의 충격은 컸다.

그리고 마히루 자신이 아마네에게 호감이 있다는 사실이 알려졌다는 것도 이해해서, 마히루는 신음할 것 같으면서도 어떻게든 평소처럼 표정을 꾸몄다. 정말로 꾸몄는지는 둘째 치고.

"딱히, 매, 매일 그런 건……."

"은근히 자주 갈 것 같은데. 주 6일은 다닐 것 같아."

"부정하진 않아요. 애초에 식비를 반반씩 내니까, 필연적으로 같이 식사하게 될 때가 있다고 할까요."

"당연하게 함께 있으니까 말이지."

의미심장하게 고개를 끄덕이는 유타에게, 이제는 사양할 것도 없이 조금 원래 표정으로 돌아가 눈을 흘기고 말았다.

"카도와키 씨는 저한테 무슨 말을 하고 싶은 거죠……?"

"어? 딱히 하고 싶은 말은 없는데……. 음. 굳이 말하자면, 학교에서 볼 때보다 무척 활기차다고 할까."

"친한 사이라면 다들 그렇지 않을까요?"

"하지만 시라카와 양과는 또 느낌이 다르니까."

더는 뭐라고 말도 못 하고 입술을 다문 마히루에게, 유타는 안심시키듯 부드러운 눈빛을 보이며 손을 슬쩍 흔들었다.

"딱히 이러쿵저러쿵 따지는 게 아니고 말이야. 단순히 나와 시간을 보내는 것보다 그 사람하고 같이 지내는 게 낫지 않을까 싶어서. 질투하지 않겠어?"

보아하니 일단은 유타도 나름대로 걱정해서 말한 것 같은데, 마히루로선 심장이 위험하니까 그만했으면 좋겠다.

(질투는…….)

애초에 아마네가 마히루의 주위 사람을 상대로 질투하는 일은 없다. 애초에 본인의 성격 문제이기도 하니까, 아마네는 자기 소유물도 아닌 것에 질투하지 않는 성격이겠지.

질투는, 항상 마히루가 한다.

"알기 쉽게 질투해 주면 고생하지 않을 텐데요……."

"하하하."

"반대로, 카도와키 씨가 봤을 때는 질투할 것 같나요?"

"음. 내가 먼저 말을 꺼내놓고 이러면 이상한데, 하지 않을 거야. 나와 밖에서 차를 마시고 이야기한 정도로는 '그랬구나.' 하고 넘어갈 테니까."

"잘 아시네요……."

"비슷한 일이 있었어?"

"아카자와 씨와 단둘이서 이야기한 적이 있어요. 질투를 운운하기 전에 이상한 소리를 안 들었나 의심했지만요."

"그 사람다운걸."

"딱히, 질투할 건 생각하지 않았으니까 괜찮지만요."

"오히려 시이나 양이 질투할 것 같으니까 말이지."

자꾸 꿰뚫어 보는 듯한 유타에게, 마히루는 역시 이 사람은 멀리해야 할 사람으로 분류해도 되지 않을까……하고 생각했다.

평소 냉정한 주제에 솔직하고 정직한 아마네, 평소 익살맞게 웃으면서도 전체를 훤히 보듯이 행동하는 이츠키와는 다르다. 자기 생각을 웃는 얼굴로 포장해서 감추고, 마음 씀씀이가 좋으니까 적이 되면 골치 아픈 유형이다.

이츠키도 좀처럼 방심할 수 없는 사람이지만, 명확하게 아마네의 편이고 행동 원리를 이해하기 쉬우니까 받아들이기 편하다. 하지만 유타의 위치는 파악하기 어렵다.

의심하는 눈으로 보는데, 유타는 그 시선을 느끼고 눈썹을 내리며 웃었다.

"미안해. 놀릴 마음은 없었어. 그저 시이나 양은 그 사람과 엮이면 알아보기 쉬운 것 같아서."

"그 정도인가요……."

"응."

곧바로 긍정하는 말을 듣고, 마히루는 더 참지 못하고 뺨을 손으로 감싸 슬쩍 한숨을 쉰다.

"조심해야겠네요. 아직은 안 좋아요."

"아직은 말이지."

"그래요. 아직은."

"얼른 그때가 오면 좋겠어."

마히루가 의심이 많은 탓인지 의미심장한 말로 들리지만, 필시 유타 본인은 순수하게 응원한 거겠지. 조금 수상쩍은 느낌은 남들도 마히루를 보면 느낄 수 있으니까 너무 강하게 말할 수 없다.

그건 그렇고, 역시 유타의 생각을 파악할 수 없어서 조금 눈을 흘기고 말았다.

"본인 앞에서 할 말은 아니지만…… 무슨 생각을 하는지 모르겠다는 말을 들은 적은 없나요?"

"시이나 양도 자주 듣지 않아?"

"후후. 뒤에서 하는 말은 자주 들어요."

그렇다. 마히루는 유타에게 뭐라고 할 처지가 아니다.

천사의 가면을 쓴 마히루는 누구든지 부드럽게, 공손하게, 친절하게 대한다. 그러니까 마히루를 곱게 여기지 않는 사람들이 뒤에서 팔방미인처럼 군다고 헐뜯는 걸 알지만, 어쩔 수 없는 일이다.

마히루는 험담을 듣는 것에 익숙하다. 여러 사람에게 칭찬받으면서, 질투와 시샘이 어린 말도 같이 들었다.

천사님의 행동거지가 확립한 뒤로는 본인이 안 보이는 데서 들리게 되었지만, 그런데도 혼자 있을 때는 다 들리게 말하는 사람도 없지는 않다.

우수할수록, 빛이 강할수록, 그림자가 짙어지는 건 잘 안다.

그러니까 그 그림자를 어떻게 하려고 생각하지 않았고, 어떻게 할 수 있다고도 생각하지 않았다.

이미 익숙하고 다 포기했다. 그런 느낌으로 표정을 안 바꾸고, 말로 표현하지 않고서 미소를 지어 뜻을 담자 미소를 띠던 유타의 표정이 어두워진다.

"그걸 이해하는 거구나."

"그래요."

"뭐라고 할까…… 나보다 고생이 심하네."

"익숙하니까요."

원래라면 익숙해져서는 안 되는 일이겠지만, 너무 당연하다 보니 그것을 일상으로 여기게 되었다. 일상이 되고 말았다.

"뭐, 신경 쓰지 마세요. 애초에 뭘 해도 곤란하니까요."

"불에 기름을 부을 정도로 멍청하진 않아."

"현명하게 판단해 주셔서 고맙습니다."

유타도 본인의 영향력을 잘 알고 자제해 주어서, 마히루로선 다행이었다.

정의감만으로 뭐든지 해결할 수 없음을, 유타 자신도 잘 아는 거겠지.

"힘들어지기 전에, 그 사람한테 잘 말해 봐."

"그러네요. 생각하게 보겠어요."

유타가 할 수 있는 범위에서 조언해 주었지만, 어지간한 일이 생기지 않은 이상은 아마네를 의지할 마음이 없다.

그래도 의지할 곳이 있다는 점은 고맙고, 유타도 걱정해서 조언한 것처럼 보였으니까, 마히루는 순순히 고개를 끄덕이고 다 식은 카페오레를 마저 마셨다.

유타와 헤어지고 나서 잠시 추가로 물건을 샀을 무렵에는 해가 저물고 있었다.

집에 간, 정확하게는 아마네의 집으로 돌아간 마히루는 아마네가 저녁 준비를 척척 시작한 것을 보고 가슴에 은은한 온기가 깃드는 걸 느꼈다.

마히루가 남긴 요리법을 보면서 열심히 채소를 다듬던 아마네는 마히루가 귀가한 것을 모르는 듯, 혼자서 분주히 주방을 어슬렁거리고 있다.

요새는 완전히 어울리게 된 앞치마를 펄럭이며 계량하거나 요리법을 빤히 보는 모습을 보고, 참을 수 없는 애정이 입꼬리를 올리게 한다.

"다녀왔어요."

성실하게 작업 중이던 아마네에게 말을 걸자 알기 쉽게 몸을 흠칫 떨었다.

시선이 슬쩍 마히루를 향하다가 마주치는 순간에 싱긋 미소를 짓자 아마네가 미안한 기색으로 눈꼬리를 내렸다.

"아, 잘 다녀왔어? 미안해. 집중하느라 몰랐어."

"그랬겠죠. 보면 알아요."

책망할 마음은 전혀 없다고 할까, 아마네가 자발적으로 요리하는 것이 흐뭇해서 오히려 즐겁고 기쁘다는 마음으로 가슴속이 가득하다.

"제가 올 때까지 기다리면 되는데요. 금방 간다고 문자를 보냈잖아요?"

"스마트폰 안 봤어. 미안해. 하지만 내가 먼저 해두면 마히루가 편해지잖아?"

오늘은 재료를 미리 준비하느라 시간이 오래 걸렸을 거라며 웃는 아마네를 보니까 말로 표현할 수 없는 낯간지러움과 기쁨이 샘솟는다.

처음에는 전부 마히루에게 맡겼는데 거들기 시작했고, 이제는 이렇게 스스로 생각해서 요리하게 된 아마네의 성장세가 대단하다. 반년 전의 아마네에게 보여주면 놀라 자빠지리라.

즐겁게 외출할 수 있도록 최대한 배려해 준 아마네에게 "고마워요."라고 부드럽게 말하자 아마네는 "그건 항상 내가 할 말인데."라고 이상하게 여긴다.

마히루는 그런 점도 좋아한다며 곰곰이 느끼며 전리품을 소파에 두고, 머리를 묶으며 아마네가 있는 주방으로 간다. 그러자 아마네는 어째서인지 마히루를 빤히 보고 있었다.

"무슨 일 있어요?"

"그게, 오늘은 평소보다 머리가 찰랑거리네. 아니, 평소에도 찰랑찰랑하지만. 특히나 더 윤기가 감돈다고 할까."

"제가 아마네 군한테 어딜 가는지 말했던가요?"

물건을 사러 외출한다고는 말했지만, 미용실에 간다고는 말하지 않았을 것이다.

미용실에 간다면 머리에 변화가 있어도 알 테지만, 들은 적이 없으면 어지간히 잘 관찰하지 않는 이상 모르는 법이다.

마히루는 평소 관리를 게을리하지 않으니까 미용실에서 케어를 받아도 극적으로 달라지는 건 없다. 평소보다 머릿결이 좋아졌지만, 굳이 따지자면 감촉을 개선했을 뿐이다.

"어? 아니, 캐묻긴 뭐해서 자세하게 물어보진 않았는데. 단순히, 이렇게, 묶었을 때 평소보다 잘 모인다고 할까, 매끄럽고 예뻐서."

"정말이지 잘 보네요."

"아, 미용실에 갔었구나? 어쩐지."

머릿결이 좋아진 것을 긍정해서 그런지 오늘 행선지를 이해한 듯 아마네가 "예뻐졌어."라며 주저하지 않고 칭찬해 준다. 그래서 마히루는 시선을 돌리며 "고마워요."라고 나지막하게 대답했다.

마히루의 표정 변화를 딱히 눈치채지 못한 듯한 아마네는 냉장고에 고정한 요리법을 보면서 "나도 슬슬 가야 하나."라며 웃고 있다.

사소한 변화를 알아채고 말해주는 아마네에게 감탄해야 할지, 이러니까 아마네는 치사하다고 불평해야 할지 미묘한 부분이다. 마히루는 입을 슬쩍 오물거리면서도 손을 씻고 아마네의 옆에 나란히 섰다.

요리에도 완전히 익숙해진 아마네가 재료 준비를 완벽하게 마친 것에 조금 감동하면서, 마히루는 다음에 뭘 준비할지 확인하고 냉장고를 열었다.

"밖에선 즐거웠어?"

옆에서 슬쩍 내미는 질문에 마히루는 작게 웃는다.
"네. 가끔은 혼자 걸어 다니는 것도 좋네요."
"그건 잘됐네. 마히루는 요새 밖에 잘 나가지 않은 것 같았으니까."
"그야 저는 근본이 실내파니까요. 볼일이 없으면 밖에 나가지 않아요. 볼일을 찾으러 외출할 에너지는 별로 없다고 할까요."
"하하. 알 것 같아. 나도 의미 없이 외출하진 않으니까."
"집에서 영화를 보거나 게임을 하는 걸 좋아하니까요. 아마네 군은."
"그래, 그거야. 느긋하게 지내는 주의지."
아마네는 마히루보다 더 실내파지만, 쉬는 날에 집에 틀어박히기만 하는 건 아니다. 친구들과 놀거나, 몸을 단련하고자 뛰러 나가곤 한다.
나름대로 친구들과 몸을 움직이며 노는 것 같으니까 근본이 실내파인 건 아니다.
"그러고 보니 오늘, 카도와키 씨를 봐서요. 조금 이야기하고 왔어요."
"그랬구나. 오늘은 육상부 활동이 없으니까 말이지. 카도와키는 뭘 하고 있었어?"
"정말이지, 잘 아시네요……."
지금 이건 눈앞에 있는 아마네에게 한 말이 아니다.
——내가 먼저 말을 꺼내놓고 이러면 이상한데, 하지 않을 거야. 나와 밖에서 차를 마시고 이야기한 정도로는 '그랬구나.'

하고 넘어갈 테니까.

카페에서 들은 말을 떠올리고, 정말로 그 말처럼 아마네가 반응한 것이 왠지 조금 분했다.

"어, 뭐가?"

"아뇨. 어쩌다가 카페에서 공부하는 걸 마주쳐서 동석했을 뿐이에요. 집에 가면 누나가 혹사한다고 하던데요."

"하하. 강렬하다고 하니까 말이지. 그 카도와키가 말할 정도니까 엄청난 거겠지."

친구인 아마네는 마히루보다 유타의 정보를 더 알지만, 실제로 본 적은 없는지 상상해서 즐겁게 웃고 있다.

"무슨 일 있어……?"

생각에 잠신 마히루를 아마네도 눈치챈 듯 말을 걸어서, 천천히 고개를 젓는다.

"뭐라고 할까요…… 카도와키 씨는 은근히 방심할 수 없는 사람 같아요."

"카도와키가 뭐라고 했어?"

"아뇨. 이렇게, 비슷한 유형의 사람이라서…… 단둘이 있으면 이상하게 긴장한다고 할까요……."

설마 유타에게 치사하다고 느꼈다는 말은 도저히 할 수 없어서 약간 말을 흐리며 오늘 느낀 바를 설명하자 아마네도 어렴풋이 납득한 듯 "아, 서로 속내를 캐는 느낌으로 말이지?"라며 이해하는 기색을 보여주었다.

"서로 입장이 있으니까요. 역시 무의식중에 그러고 마니까 무섭네요."

"뭐, 이해는 하지만. 카도와키는 착한 녀석인데?"

"저도 아는걸요? 다만 무조건 착한 사람은 무서우니까요. 자기한테 득이 안 되는 일을 하는 사람은 보수를 받고 일하는 사람보다 대하기 어려워요."

유타는, 틀림없이 착한 사람이다.

속내를 조금 확인하고 싶어지는 유형이긴 하지만, 속이 시커먼 사람이 아님은 짐작할 수 있다. 그리고 속내를 파악할 수 없는 사람이기는 해도 착한 사람이 맞으리라.

다만 다른 사람을 깊이 받아들이지 않고 살아온 마히루로선 전폭적으로 신뢰할 수 없다.

사려가 깊고, 인격이 좋은 건 안다. 좋은 뜻으로 마히루와 아마네의 관계를 응원하는 거겠지만, 숨겨진 속내가 있는지 없는지도 모르면서 속내를 캐내려고 하는 것이다.

"무슨 말을 하고 싶은진 알겠는데, 너무 경계할 일도 아니라고 봐."

"그것도 잘 알지만요."

그런데도 경계하는 것이 마히루의 본능이다.

"뭐, 거북하면 억지로 대할 필요도 없겠지만. 나도 조금 조심하는 게 좋을까?"

"아뇨. 싫다는 의미로 거북한 건 아니에요. 다만."

"다만?"

"조금…… 마음이 복잡해요."

유타가 아마네를 잘 이해한다는 사실이, 왠지 조금, 가슴이 답답하다.

마히루가 아는 한 아마네가 유타와 적극적으로 엮인 건 신학기부터. 그러니까 그 짧은 기간에 아마네를 정확하게 파악했다는 사실이 놀랍고, 자기 것도 아님을 알면서도 아마네를 이해하는 사람 자리를 빼앗긴 것 같아서 마음이 차분해지지 않는다.

"나쁜 감정이야?"

"나쁘다고 할까……. 제가 멋대로 느끼는 거예요. 싫다거나 그런 건 아니고요."

"그렇구나. 뭐, 상성이란 게 있으니까 어쩔 수 없어."

"하지만 뭐랄까…… 카도와키 씨는 은근히 아마네 군을 잘 안단 말이죠……."

"그래?"

"그래요."

"왜 삐친 건데……?"

"삐친 거 아니에요."

유타에게 질투한 건 절대로 아니다.

그렇게 자신을 타이르고 아마네가 미리 계량해서 조합한 조미료를 냄비에 넣은 마히루에게, 아마네는 아리송한 눈치로 고개를 갸웃거렸다.

## 노력도 한 걸음부터

아마네가 본 마히루는 자신과 타협할 줄 모르는 노력가였다.

마히루를 잘 모르는 사람은 하나를 가르치면 열을 아는 천재로 여기기 일쑤인데, 아마네에게는 재능이 있으면서 노력을 거듭해 지식과 경험을 익힌 수재로 보인다.

이는 지식에 한정되지 않고, 운동 능력과 미용, 집안일 능력 등이 전부 마히루가 노력해서 몸에 익힌 것이다. 아마네는 어중간한 노력으로는 얻을 수 없다는 것을 알고 있었다.

"마히루는 노력가란 말이지……."

아마네는 영어 듣기 교재를 들으며 가벼운 아령을 번갈아 들었다 놨다 하는 마히루를 보고 진지하게 중얼거렸다. 그러자 집중하는 줄 알았는데도 그 말이 들렸는지 마히루가 아마네에게 슬쩍 시선을 돌렸다.

그동안에도 아령을 움직여서 운동하고 있다. 그 가늘면서도 부드러운 팔뚝은 이런 운동으로 유지하는 것이리라.

"그렇게 보인다면 고마운……데요?"

"왜 의문형이야?"

"아뇨. 안 보이는 데서 노력하는 걸 미덕으로 치는 사람도 있으니까요."

마히루는 아마네가 보는 앞에서 대놓고 한다며 웃고는 잠시 음성 재생을 끈다. 그래서 아마네는 믿기지 않는다며 마히루를 봤다.

"어? 노력하는 모습을 보여주는 게 뭐가 어때서?"

"노력하는 척 과시한다고 보는 게 아닐까요?"

"과시한다면 조금 거북하겠지만, 평범하게 노력하면 아무 문제도 없잖아. 그런 걸 미덕으로 치는 사람은 결과만 보여줘도 성과를 무시할걸. 그게 당연한 거라고 말이야."

간단히 할 수 있으니까 고생도 안 했겠지. 그렇게 당사자가 몸에 익힐 때까지 들인 노력과 시간과 금전을 전부 무시하는 건, 안타깝게도 이 세상에서 흔히 있는 일이다.

"물론 저는 몰래 하지 않지만, 평범하게 집에서 하는 만큼은 다른 사람에게 보일 일이 없으니까요."

무덤덤한 말에 이어서 "오십." 하고 숫자를 말한 다음 카펫에 아령을 내려놓은 마히루는 자기 팔뚝을 만지고 상태를 잠시 확인하고 있다.

그 말대로 마히루는 집……이라고 해도 아마네가 사는 집이지만, 아무튼 집에서 노력하므로 이 모습은 아마네 말고 아무도 모른다. 모르니까 가볍게 여긴다.

그걸 아랑곳하는 기색이 없는 건, 마히루가 매우 관대해서 그럴까. 아니면 그런 말에 너무 익숙해져서 그럴까.

"학교에서는 성실하게 지내지만, 공부에만 전념하는 느낌도 아니니까 공부를 잘하는 재능이 있다고 여겨지는 구석은 있네요."

"재능이라고 하면 재능이겠지만, 결국 노력해서 재능이 꽃핀 거니까 말이지. 애초에 마히루는 노력하는 차원이 다르다고 할까…… 보면 정말 열심히 한다는 생각이 드니까."

"습관이 되면 당연해져서 정신적인 부담이 줄어드는 느낌이에요. 게다가 노력한 만큼 성과가 나타난다는 건 축복받은 일이라고 저도 잘 알고요. 그것도 다른 사람들이 보면 재능인 셈이니까, 살릴 수 있다면 살려보고 싶거든요."

마음에 두지도 않고, 마음을 쓰는 일도 없이 있는 그대로를 인정하는 것처럼 아주 담백하게 자신을 평가하고 받아들이며 거듭 노력하는 마히루의 모습은 정말이지 씩씩하고, 넋이 나갈 정도로 당당했다.

"게다가 원래는 착한 아이로 있으려고 노력한 거지만, 지금은 그런 목적보다도 단순히 자신을 연마하고자 노력하고 있으니까요. 의외로 육체적으로나 정신적으로나 힘들다고 느낀 적은 없어요."

"더할 나위가 없을 만큼 애쓴단 말이지. 진짜."

"그야 장래를 위한 거니까요."

"장래를 위해서……?"

"네. 장래를 위해서."

예쁘게 웃은 마히루는 아마네의 눈을 똑바로 바라봤다.

"아마네 군, 인간은 반드시 늙는 법이에요."

"어? 갑자기 뭔 소리야?"
전혀 상상하지 못했던 말로 시작하는 바람에 아마네는 영문을 몰라 허둥대는데, 마히루는 아랑곳하지 않은 기색으로 말을 잇는다.
"인간은, 늙어요. 아름답게 핀 꽃이 이윽고 지는 것처럼, 인간은 나이를 먹으면서 젊었을 적의 신체 능력과 미모를 잃어요."
그건 당연한 섭리다.
걸리는 시간에 차이는 있어도, 생물은 늙어 죽음으로 향한다. 육체의 전성기가 지나면 나이를 먹을수록 신체적 기능이 쇠퇴하고, 미모도 빛바랜다.
"아마네 군. 저는 외모가 예쁘고 귀엽죠?"
싱긋. 그런 말이 잘 어울리는 애교와 자신감이 가득한 미소는 누구 눈에도 본인이 물어본 것처럼 예쁘고 귀엽게 비칠 것이다.
말만 놓고 보면 자신감이 과한 것처럼 들리는 그 발언에서 불쾌함을 느낄 수 없는 건, 정말로 그 외모가 빼어나고, 나아가 머리끝부터 발끝까지 전부 노력으로 형성되었음을 잘 알기 때문이다.
비단결처럼 보드랍고 윤기가 나는 황갈색 머리카락은 마히루가 항상 신경을 써서 엉키지 않게 빗고, 샴푸와 트리트먼트, 컨디셔너를 다양하게 맞춰 쓴다고 한다.
피부도 기초 화장품을 꼼꼼하게 챙겨서 보습을 거르지 않는 것을 알고, 영양학적 균형을 고려해서 식사를 통해 몸속에서부터 피부의 질을 관리하는 것도 안다.

군더더기 없이 여성스럽게 잘 빠진 몸매가 식사량과 운동량을 조정한 결과로 성립하는 것도 안다.

가까이서 지내니까 마히루가 자신의 용모 관리에 품과 시간을 투자하는 걸 알고, 그 과정을 보고 있으니까 마히루의 말에서 설득력을 크게 느끼는 것이리라.

"무척 귀여워. 노력의 성과라고 봐."

마히루는 원래부터 얼굴이 고우니까. 그건 유전이라서 본인의 노력이 아닐지도 모른다.

다만 유전만으로는 다 설명할 수 없을 만큼 갈고닦지 않으면 드러나지 않을 아름다움이 있으니까, 아마네는 마히루의 노력을 누구보다도 잘 알았다.

어떻게 칭찬할지 조금 고민한 다음에 마음을 담아서 말하자 마히루의 미소에 조금 수줍음이 섞여서 표정이 더욱 풀어진다.

"고마워요. 많이 애썼으니까요."

"나도 알아. 언제나 애쓰니까."

아마네는 마히루의 곁에 있는 일이 많아지면서, 그 노력을 알 수 있었다.

살포시 웃는 마히루는 아마네에게 칭찬받은 게 부끄러운지 얼굴이 조금 빨갛지만, "어흠." 하고 헛기침해서 마음을 다잡은 것처럼 다시 말을 잇는다.

"하지만 이 외모도 지금 나이에만 있는 거예요. 사람들은 기본적으로 젊은 걸 좋아하니까요."

"무슨 말을 하고 싶은진 알겠지만 말이야."

"물론 금방 망가지지 않게 조심할 거지만, 언젠가는 늙을 테니까요. 그렇게 불확실한 것에 의존하며…… 외모와 애교만으로 살 수 있을 만큼, 세상은 만만하지 않다고 봐요."

참으로 엄격한 사고방식을 지닌 마히루는 슬쩍 한숨을 쉬고 아마네를 본다.

"설령 가능하다고 해도, 저는 그러고 싶지 않아요. 위험 부담이 너무 커요. 원한을 살 수 있으니까요."

"아…… 뭐, 자진해서 위험한 길을 걷고 싶진 않겠지."

"안 그래도 지금 이 위치는 나름대로 질투의 대상이 되니까, 그보다 더한 걸 뒤집어쓰긴 싫어요. 애초에 겉만 보는 사람들이 떠받드는 건 성가실 뿐이니까요."

기본적으로 마히루는 미인이라는 사실을 과시하거나 뽐내지 않지만, 역시 남자들에게 호감을 사는 마히루를 시기하는 사람은 있다.

천사님 같은 마히루의 행동거지와 뛰어난 능력, 사교적인 태도 덕분에 대놓고 드러내거나 공격하는 일은 없지만, 마히루가 용모를 이용해서 행동하면 어떻게 될지는 불 보듯 뻔하다.

잘 알지도 못하는 사람과 엮이는 걸 꺼리는 마히루 본인의 성격상 그럴 일은 절대로 없겠지만, 그렇게 되면 확실하게 남녀 모두에게서 다툼이 발생할 것이다.

본인도 그 사실을 잘 아는지, 상상한 것처럼 지긋지긋한 표정을 지었다.

"즉, 내면과 능력을 갈고닦는 것도 중요하다는 뜻이에요. 장래에 얼굴은 예쁘장하면서 잘하는 게 없다느니, 사회인으로서 도움이 안 된다느니, 그렇게 평가받는 건 피하고 싶으니까요."

참으로 현실적인 견해로 말을 마무리한 마히루는 너무 성실한 느낌에 당혹스러운 아마네에게 조용히 웃는다.

"나이를 먹고 미모가 없어졌을 때 내면에서 우러나오는 것이 그 사람이 산 역사이고, 본질이라고 봐요. 저는 자신에게 부끄럽지 않은 삶을 살고 싶은 거예요."

"절대로 고등학생의 사고방식이 아니야."

"후후. 옛날부터 이랬고, 코유키 씨한테 배운 거니까요."

이번에는 짓궂게 웃는 마히루를 본 아마네는 코유키 씨는 대체 뭐 하는 사람이냐고 딴지를 걸고 싶어지지만, 마히루의 현재 인격을 형성하는 바탕이 된 코유키의 가르침이 마히루의 지침이 된 건 확실하다.

아마도 마히루를 걱정해서 먼저 현실을 알려준 거겠지.

너무 엄격한 현실을 가르친 것이 과연 정답일지는 아마네도 모른다.

다만 어린 마히루가 미래에 절망하지 않고 강하게 살고자 노력하는 성격과 사고방식을 지니게 된 건 코유키의 덕분이리라.

"복잡한 말을 했지만, 알맹이도 충실한 사람이 되고 싶다는 이야기예요. 겉만 꾸미고 아무 생각도 없이 살다간 인생이 종반에 접어들 무렵에 절망할 것 같으니까요."

"뭘 말하고 싶은진 알겠지만, 용케 그만큼 생각하는구나."

인생 2회차가 아닐까? 아마네는 그렇게 터무니없는 상상이

들 정도로 장래를 내다본 투로 말하는 마히루에게 감탄하며 자신은 그만큼 생각할 수 없었다며 자기혐오에 빠진다. 그런 아마네에게, 마히루는 희미하게 눈꼬리를 내리고 미소를 짓는다.

"어이없거나 질색하진 않았나요? 제가 생각해도 성격이 참 고약한 것 같은데요."

"아니, 그런 건 아니지만 말이야. 나는 그렇게 나중 일을 생각하지 않으니까. 조금 한심하게 느껴졌다고 할까."

"왜 그걸 한심하게 느끼는 거죠?"

"지금의 나를 위해서 노력하긴 하지만, 그렇게 먼 미래를 내다보고 노력할 생각은 없었으니까."

아마네도 노력하지만, 마히루처럼 철저한 건 아니고 딱히 명확한 목표가 있는 것도 아니다.

마히루의 옆에서 당당하게 있을 수 있도록. 그런 마음가짐으로 시작한 것이다.

물론 아마네도 나름대로 노력했고 성과도 내고 있지만, 노력하는 양을 생각하면 마히루만큼 고생하진 않았고, 그토록 엄격하게 목표를 설정한 것도 아니니까 비교하는 게 우스꽝스럽다.

비굴해지지 말라는 말을 들어서 조심하고 있지만, 역시 마히루의 노력을 가까이서 보면 그 차이에 실망하고 만다.

"왜 그걸 비교하는 걸까요."

"미안해."

"왜 사과할 필요가 있나요? 지금의 자신을 위해 노력하는 건 대단한 건데요? 애초에 노력을 꾸준히 하는 거니까요. 지금을 위한 노력이 앞으로도 이어지는 거예요. 정말이지, 지금 하는 노력을 본인이 인정해야죠."

콕콕. 손가락으로 뺨을 찌르던 마히루는 못 말리겠다는 듯이 쓴웃음을 짓고 달래는 눈빛으로 아마네를 본다.

"응……."

"아마네 군은 진짜로 자신감이 없네요."

"어, 어쩔 수 없잖아. 그게, 나를 잘 파악하고 있는지도 알 수 없으니까……."

"아마네 군은 스스로 이 부분이 틀렸다고 생각했으니까 지금 노력하는 거죠? 그건 자신을 잘 파악한 증거 아닐까요?"

"그랬으면 좋겠네……. 으헉."

순순히 고개를 끄덕이지 않는 아마네를 더는 못 보겠는지, 마히루는 아마네의 두 뺨에 손을 대고 거침없이 손가락으로 볼살을 잡았다.

원래부터 지방이 별로 없는 아마네지만, 손에 잡힐 정도의 살은 있다. 다만 여자인 마히루보다는 딱딱하니까 마히루처럼 늘어나진 않지만, 발음이 이상해질 정도로는 늘어났다.

"저히, 마리햐."

"자꾸 인정하지 않으면…… 인정할 때까지 볼을 쭉쭉 늘리는 벌을 줄 거예요."

"아, 아라써……."

"잘했어요."

만족스럽게 고개를 끄덕이면서도 손을 놓을 생각이 없어 보이는 마히루에게 아마네가 눈을 흘긴다.

"이거 봐……."

"조금만 더 하면 안 될까요…?"

"안 됩니다."

"으으."

어째서인지 아마네의 볼을 한 번 꼬집고 주무르는 콤보를 먹인 마히루가 아쉬운 눈치로 손을 떼서, 아마네는 아까보다 약간 범위가 늘어난 듯한 뺨을 손으로 눌렀다.

아프진 않지만, 조금 이상한 느낌이 든다.

마히루가 여전히 뭔가 아쉬운 눈치로 쳐다보는데, 아마네가 "이보세요."라고 다그치자 곧바로 시선을 거뒀다.

이러니저러니 해도 마히루는 아마네를 만지는 걸 좋아하는지, 아니면 아마네를 골탕 먹이는 게 좋은지, 종종 아마네를 만져서 즐거운 눈치로 스킨십을 시도하니까 당하는 사람으로선 좀처럼 마음이 차분해지지 않았다.

간신히 볼의 느낌과 평소보다 빠르게 요동치던 심장이 차분해져서 다시 마히루를 돌아본다. 그러자 마히루의 얼굴에선 아까 짓궂은 느낌이 자취를 감추고, 푸근하게 감싸는 것처럼 부드럽게 미소를 띠고 있었다.

"아마네 군은, 잘하고 있어요……."

그 표정보다도 훨씬 부드럽고 자애로운 목소리가 아마네의 귀에 슬그머니 들어온다.

"나쁜 점이 없다고는 말하지 않겠지만, 본인이 알고, 개선하려고 해요. 그걸 가지고 불평하는 사람이 있다면 제가 무찌를 거예요."

"마히루가 손을 더럽히지 않아도 돼."

"어머, 말로 할 건데요?"

"입이 더러워져."

"더러운 말로 매도할 만큼 품성을 버리진 않았으니까 안심하세요."

"됐거든요."

싱긋. 완벽하게 미소를 지은 마히루는 누가 봐도 다툼을 꺼리는 분위기를 내면서도 한번 말한 건 지키는 성격이다.

한다고 말하면 반드시 실행하는 성격이니까 말리지 않으면 환하게 웃는 얼굴로 상대가 항복할 때까지 정론으로 몰아세울 게 뻔하다. 자기 일로는 화내지 않는 주제에 아마네의 일이라면 자기 몸에 해를 입은 것처럼, 아니 그 이상으로 화내니까 아마네로선 기뻐해야 할지 난처해야 할지 모르겠다.

좌우지간 불평이 어쩌고저쩌고하는 건 만약의 이야기니까 지금 혼낼 일도 아니라며 그만둔 아마네는 조금 아쉬워하는 마히루의 머리를 거칠게 쓰다듬어서 기분을 바꾸기로 했다.

마히루도 아마네가 머리를 쓰다듬으면 부정적인 감정이 날아가는 걸 아는지 다소 저항하긴 했지만, 결국에는 머리를 쓰다듬어 주는 게 좋은 듯한 마히루가 얌전히 아마네의 손길을 받아들인다.

한동안 달래듯이 손으로 마히루의 상상 속 상대에 대한 분노

게이지를 낮추고 있을 때, 마히루가 "딱히 화낸 것도 아닌데요."라고 중얼거렸다.

그 모습이 토라진 어린아이처럼 보인 건 아마네 탓이 아니다.

완전히 얌전해진 마히루에게서 손을 떼자 아쉬워하는 표정을 짓지만, 너무 만지면 안 되니까 일부러 무시한다.

"나는 딱히…… 모든 사람에게 인정받고 싶은 건 아니란 말이지."

"그런가요?"

"아니, 물론 주위에서 인정받고 싶은 마음도 있기는 하지만 말이야. 내가 납득하고 싶다고 할까. 나 스스로를 자랑스럽게 여길 수 있게끔 되어야 한다고 봐."

애초에 아마네는 불특정 다수에게 자신을 인정하게끔 하고 싶은 것이 아니다.

아마네가 바라는 건 마히루의 옆자리에 어울리는 자신이며, 따라서 남들이 아니라 자신과의 싸움이다. 자신의 이상과 현실의 차이에 괴로워하는 일은 있어도, 남들의 평가에 괴로워하는 일은 없다.

누구보다도 납득시키고 싶은 건 아마네 자신이지, 남들이 아니다.

남들이 변했다고 인정해 주면 기쁘지만, 그게 목적은 아니다.

"그렇군요……. 그러면 아마네 군이 납득할 성과가 나오도록 지켜볼게요."

"힘낼게. 나를 위해서."

딱 잘라서 말한 아마네를 마히루는 눈을 조금 크게 뜬 다음, 뺨을 살짝 붉히며 고개를 끄덕이고는 "응원할게요."라고 속삭이며 용기를 주듯 웃었다.

## 어릴 적의 헛된 꿈과 그 흔적

톡톡톡. 일정한 리듬으로 경쾌한 소리가 울리는 거실에서, 마히루는 숙제를 하고 있었다.

기본적으로 마히루는 자기 방에서 숙제를 하지만, 코유키가 오는 날에는 코유키가 요리하는 소리를 들으며 거실에서 숙제를 할 때가 많았다.

솔직히 마히루는 숙제를 간단히 끝낼 수 있지만, 이렇게 주방에서 울리는 부엌칼 소리, 재료를 치익 굽는 소리, 보글보글 끓는 소리, 조리가 진행되면서 풍기는 좋은 향기를 느끼면서 천천히 숙제하는 게 마음 편하고, 무엇보다도 좋았다.

게다가 여기서라면 코유키가 애쓰는 마히루를 보고, 칭찬해 주는 걸 아니까.

마히루는 코유키가 가끔 이쪽을 확인하는 걸 느끼며 기분 좋게 문제를 풀어나간다.

천천히, 천천히. 그 손이 요리를 완성할 때까지, 천천히.

배가 고픈데도 이 시간이 즐거워서 더 계속되면 좋겠다. 그만큼 코유키가 있는 시간이 길어지니까.

"아가씨. 다 됐어요."

"네~."

얼마 후 고대하던 코유키의 목소리가 들려서, 마히루는 들뜬 소리를 내며 서둘러 테이블 위에 있는 노트를 덮었다.

마지막 동작은 시간을 끌려고 했는데도 다 끝나는 바람에 숙제하는 시늉만 한 거니까 칭찬받을 행위가 아니지만, 마히루는 다 끝냈으니까 문제없다며 몰래 웃는다.

깨끗하게 안 치우면 요리를 내놓는 코유키에게 혼나니까 지우개 가루는 잘 모아서 쓰레기통에 버리고, 한자를 쓴 노트와 산수 프린트를 모아서 거실 테이블에 놓는다.

그러고 나서 웃으며 주방으로 가자 푸근하게 미소를 지은 코유키가 앞치마를 벗는 참이었다.

"오늘도 숙제를 열심히 하셨군요."

"네."

역시 마히루를 지켜본 거겠지.

가사 대행과 가정교사를 양립하는 코유키가 차분하게 웃는 얼굴로 "손을 씻고 오세요. 저는 요리를 놓을 테니까요."라며 앞치마를 개며 조용히 말해서, 마히루는 곧바로 고개를 끄덕이고 싱크대로 다가갔다.

발돋움해서 싱크대에서 손을 씻으며 식탁에 놓이는 요리를 슬쩍 보고 표정을 부드럽게 풀었다.

보아하니 오늘은 일식인 듯하다.

마히루의 주위에서는 일식의 평판이 별로 좋지 않지만, 마히루는 좋아하는 맛이다. 양식도 좋아하지만, 안심된다는 점에서는 일식의 맛이 더 차분하고 푸근하다.

코유키가 말하길 '어릴 때부터 다양한 맛을 알고 미각을 단련해요.' 라는 이유로 다양한 요리가 나오지만, 가장 좋아하는 게 일식이었던 셈이다.

손을 꼼꼼하게 씻은 마히루가 식탁 앞에 앉자 코유키가 그 정면에 앉는다.

코유키의 식사는, 없다.

한 번이라도 좋으니까 함께 밥을 먹고 싶지만, 코유키는 어디까지나 '가정부' 이지, 가족이 아니다.

코유키가 점잖게 미안한 눈치로 거절하니까, 먹는 사람은 마히루 혼자다.

(같이 먹고 싶은데.)

하지만 투정을 부리면 코유키가 난처해지는 걸 아니까 그 소원을 입 밖에 내는 일은 없었다.

몰래 한숨을 쉬며 테이블 위에 놓인 요리를 바라본다.

오늘은 평소처럼 쌀밥과 된장국에 달걀말이. 닭고기 채소볶음과 깨에 버무린 시금치 무침으로, 전형적인 일본 가정식 식단이다.

"맛있겠어요."

"오늘도 공을 들였으니까요. 식기 전에 드세요."

"네."

고개를 끄덕이고 손을 모아 "잘 먹겠습니다." 라고 예의 바르게 말한 뒤, 마히루는 천천히 된장국을 입에 댄다.

속에 따스하게 배는, 푸근하고 부드러운 그 맛은 마히루가 가장 좋아하는 것이다. 이걸 먹으면 속에서부터 따끈따끈해지는 느낌이 들어서, 행복한 기분이 된다.

마히루가 맛있어서 조용히 조금씩 입으로 가져가 오물오물 먹는 것을, 코유키는 싱글벙글 웃으며 지켜보고 있었다.

“왜, 코유키 씨는, 이토록 요리를 잘하는 거예요?”

식사를 마치고 식기를 치우는 코유키를 도우며, 마히루는 생각난 말을 입에 담았다.

코유키의 요리는 정말 맛있다. 급식과 비교하면 미안하다고 느끼면서도, 급식보다도 훨씬 마히루의 입맛에 맞게 만들어 주니까 신기했다.

“그러네요. 저는 아가씨보다 몇 배는 오래 살았고, 딸들에게 밥을 매일 해 주니까요. 아이의 엄마로 살면 자연스럽게 잘하게 된답니다.”

“그러면, 우리 어머님도, 요리를, 잘하세요?”

단순한 의문이었지만, 코유키의 웃는 얼굴이 갑자기 딱딱해졌다.

하지만 곧바로 평소처럼 온화한 표정으로 돌아오더니, 푸근한 눈으로 마히루를 봤다.

“사요 님은…… 글쎄요. 뭐든 부족하지 않게 잘하는 분이지만, 요리하는 모습은 본 적이 없으니까요.”

“그런, 가요.”

© Hanekoto

코유키도 본 적이 없다면 어쩔 수 없다고, 마히루도 곧바로 물러났다.

(한 번이라도 좋으니까 먹고 싶었어.)

얼굴도 거의 안 비치는, 말수가 없고 바삐 여기저기를 돌아다니는 어머니.

평범한 가정에서는 부모님 중 누군가가 요리한다는 이야기를 들었을 때, 마히루는 놀라움을 감추지 못했다.

가정부가 일반적이지 않다는 것도, 사물을 어느 정도 인식하게 됐을 때는 마히루도 눈치챘다.

"아가씨는, 사요 님이 요리하시는 게 더 좋나요?"

코유키의 질문에, 마히루는 고개를 흔들었다.

"어머님은, 집에 안 오시니까…… 폐를 끼치는 건, 싫어요."

마히루가 어머니의 모습을 본 것은 헤아릴 정도밖에 없었다.

1년에 한두 번쯤 모습을 보이는 정도로, 본다고 해도 마히루에게 관심을 주지 않고 뭔가 한 다음에 집에서 나간다.

아버지는 어머니보다 일이 더 바쁜지 집에 와도 마히루와 눈도 마주치지 않고 다시 집에서 나간다.

생활 자체는 자의식이 싹텄을 무렵에는 코유키가 보살펴 줬고, 살 수 있게는 준비해 준 것 같아서 지장이 없다.

다만 쓸쓸하다는 감정만이 북받칠 뿐.

부모님에게 관심받지 못하는 마히루가 어머니의 요리를 먹고 싶다고 말해도 이루어질 리가 없다. 그건 마히루 본인도 잘 알았으니까, 거절당하는 게 무서워서 부탁해 보지도 못했다.

머리카락을 살짝 찰랑거리며 고개를 가로젓는 마히루에게, 코유키는 난처한 듯이 눈썹을 팔자 모양으로 만들었다.

"저기, 코유키 씨의 요리, 좋아해요. 매일 맛있고, 기뻐요. 그러니까, 괜찮아요."

코유키를 슬프게 하고 싶은 게 아니어서 황급히 고개를 저어 웃어 보이자 코유키의 표정이 더 어두워져서, 마히루는 어쩌면 좋을지 몰랐다.

다만 곧바로 그 표정이 사라지고, 코유키는 평소처럼 웃는 얼굴로 돌아온다.

변화에 놀란 마히루는 코유키가 지금 뭘 생각하는지 모른다.

코유키가 마히루를 안심하게 하려고 부드럽게 미소를 지었다는 것밖에 모른다.

"고맙습니다. 아가씨가 그렇게 말해줘서 기쁘군요."

"저기, 겉치레? 가 아니에요. 진짜로 맛있어요."

"그래요. 아가씨는 항상 맛있게 드시니까, 그건 알아요."

"다행이야."

코유키가 해 주는 요리는 진심으로 맛있다고 느끼니까, 거짓말로 오해하면 곤란하다.

평소처럼 웃는 얼굴로 돌아온 것에 안도하며, 마히루는 코유키가 남은 저녁 찬거리를 보존 용기에 넣는 걸 쳐다봤다.

저녁에 남은 걸 이렇게 용기에 담아 마히루의 다음 날 아침 찬거리로 삼는다. 아침 일찍 이 집에 와서 집안일을 할 수는 없으니까, 이렇게 코유키가 다음 날 것까지 준비해 주는 것이다.

그 덕분에 아침밥을 굶을 일은 없지만, 역시 매일 아침 혼자서 식사하는 건 쓸쓸하다. 투정은 부릴 수 없으니까 마히루는 매일 느끼는 허무함을 속으로 삼킨다.

"그렇지. 다음에 아가씨도 함께 요리해 보지 않겠어요?"

다음 날 아침 준비를 마친 코유키는 마히루가 요리를 가만히 지켜보는 걸 보고는 부드럽게 말을 꺼냈다.

기본적으로 위험하니까 불 근처에는 가지 말라고 단단히 들은 마히루에게 코유키의 제안은 정말 뜻밖이어서, 무심코 동그란 눈을 더욱 휘둥그레 뜨고 코유키를 올려다봤다.

"그래도 돼요?"

"네. 제가 있어서 지켜볼 때만 한다는 약속을 지켜준다면요."

"지, 지킬게요!"

그 정도는 간단한 약속이었다.

약속을 어기면 코유키가 화내서 어디론가 가버릴지도 모르니까 마히루가 약속을 어길 마음은 없다. 게다가 코유키에게 배우니까 기쁜 거지, 혼자 해도 기쁘지 않을 것 같았다.

"좋아요. 아가씨가 요리를 배우면 앞으로 불편해질 일이 줄어들 테니까요."

"불편해져요……?"

"저기, 예를 들어서 말이죠. 아가씨가 더 자라서 혼자 살게 될 때라든지."

"지금도 혼자인데요?"

"어른이 되어서…… 자기 힘으로 살아야 할 때를 말하는 거예요. 요리할 줄 모르면, 아가씨의 밥은 어떻게 되죠?"

"배가 고파져요……."

"그래요. 배가 고프겠죠. 그러면 어떻게 할까요?"

"어어, 사요……?"

자기가 요리할 줄 모른다면, 밖에서 사 먹거나 사 온다. 아니면 코유키 같은 사람을 고용한다. 그런 방법 말고는 떠오르지 않는다.

"밖에서 사도 되지만, 좋아하는 요리를 안 팔지도 몰라요. 좋아하는 걸 먹고 싶을 때는 어떻게 해야 할까요?"

"만들어야, 해요……?"

"그래요. 아가씨는 좋아하는 게 많죠. 직접 만들 수 있게 되면 매일 즐겁지 않을까요?"

"즐거워요!"

지금의 마히루는 요리를 잘하는 자신을 상상할 수 없었지만, 코유키가 가르쳐 준다면 익힐 수 있으리라고 확신하기도 했다.

코유키처럼 다양한 요리를 할 수 있게 되면, 분명 즐거울 것이다.

매일 다양한 요리를 먹는 마히루 자신도 식사를 무척 기대하니까, 직접 할 수 있게 되면 더욱 즐거울 것이다.

그런 식으로 솔직하게 생각한 마히루가 코유키에게 힘껏 대답하자 코유키도 안심했는지 부드럽게 미소를 지었다.

"다행이에요. 아가씨도 요리에 관심을 보여서. 제가 알려줄 수 있는 거라면 뭐든지 가르치겠어요."

"말랑말랑한 오므라이스도?"

"그럼요. 오므라이스도, 비프스튜도, 된장국도, 오늘 볶음 요리도. 아가씨가 할 수 있게 될 거예요."

"정말요?"

"그래요."

코유키가 마법의 손으로 만드는 요리를 직접 만들 수 있다는 말을 듣고, 마히루의 마음은 들떠 있었다.

"아버님과 어머님이 좋아하는 것도, 할 수 있게 될까요?"

만약, 다양한 요리를 할 수 있게 된다면.

지금은 자신에게 관심을 보이지 않는 부모님이, 조금은 봐 주지 않을까 싶어서.

같이 요리를 먹어 주지 않을까 싶어서.

그런 기대를 담아서, 하지만 말로는 하지 않고 코유키에게 물어봤다. 그러자 코유키는 살짝 시선을 내리긴 했지만, 변함없이 웃는 얼굴로 마히루의 머리를 쓰다듬었다.

평소라면 거의 닿지 않는 코유키의 손바닥이 머리를 부드럽게 어루만지는 것을, 마히루는 눈을 희미하게 뜨고서 기분 좋게 단단히 맛본다.

"그래요. 언젠가는 할 수 있게 될 거예요."

"그러면 노력할래요!"

의욕과 기운을 한껏 담아서 대답한 마히루는 "늦은 시각이니까 큰 소리를 내면 못써요."라고 코유키에게 혼나서 생긋 웃고, 잘하면 부모님이 관심을 보일지도 모른다는 희미한 희망을 가슴속에 안고서 요리 교실을 기다리기로 했다.

(그렇게 입맛에 좋은 일은 없었지만요.)

팔락. 지금과 비교해서 앳된 글씨로 적은 페이지를 보고, 마히루는 옆에 있는 아마네에게 들키지 않게끔 아주 작게 한숨을 쉬었다.

당연하지만, 요리를 할 수 있게 되었어도 부모가 마히루에게 관심을 주는 일은 없었다.

애초에 아주 잠깐 접촉할 기회가 있어도 상대가 들을 마음이 없으면 알릴 수도 없다.

코유키가 보고하긴 했을 테니까, 보고서를 잘 봤다면 요리할 수 있게 되었다는 사실 정도는 알고 있으리라.

지금의 마히루라면 어차피 제대로 보지 않았을 거라며 체념했을 테지만, 많이 노력한 어린 마히루에게는 노력을 인정받지 못하는 것이 너무 잔혹한 현실이었다.

무언가의 액체로 번진, 떨리는 듯한 글자는 당시 마히루의 심정을 가장 잘 대변하고 있다.

(어리고, 어리석었어…….)

당시의 마히루는 노력하면 조금은 관심을 받을 수 있을 줄 알았다.

부모의 태도와 마히루를 대하는 자세를 깨달은 지금의 마히루라면 그런 걸 기대하는 게 한심하다고 단언할 수 있지만, 어린 아이였던 마히루가 그걸 예상하는 건 불가능함을 안다.

그 결과, 어리숙한 기대를 배신당해서 울며 이 일기를 쓴 거니까, 웃을 수가 없다.
(멋대로 기대하고, 멋대로 배신당했다고 여겨서, 멋대로 울고 괴로워했을 뿐.)
코유키는 거짓말하지 않았다.
분명 할 수 있게 된다고 했지만, 먹어 준다고는 한마디도 하지 않았다.
코유키가 봐도 이루어질 수 없음을 알았으니까 그런 식으로 표현한 거겠지.
이렇게 생각하면 코유키가 잔혹한 사실을 말한 것 같지만, 마히루는 코유키에게 감사했다.
부모를 알면서도 고용인 신분에 지나지 않았던 코유키는 그때 그렇게 말할 수밖에 없었던 것이리라.
아직 부모에게 기대고 싶은, 너무 어린 마음을 깨뜨릴 수도 없었다.
진실을 알더라도 더 자란 뒤가 낫다고 생각했을 게 분명하다.
코유키 덕분에 마히루는 어지간한 건 다 만들 수 있게 되었다. 배우지 않은 요리라도 요리법을 보면 무난하게 만들 수 있을 정도로는 기술을 연마했다.
그것만이 아니라 전체적인 집안일 기술을 가르친 것도, 장차 혼자서도 살 수 있게끔 배려한 것이리라.
코유키에게도 가정이 있다.
말하자면 기껏해야 남이고, 영원히 함께 지낼 수는 없다. 마히루는 코유키의 자식이 아니다. 일 때문에 돌보는 아이였다.

언젠가는 헤어질 날이 올 것을 알았기에 마히루가 곤란해지지 않게끔 어릴 적부터 교육해 준 것이다.

친부모보다도 훨씬 부모답다고, 지금에 와서는 생각한다.

(정말로, 고마워요…….)

코유키 덕분에 마히루는 혼자서도 살아갈 기술을 익혔다.

그리고 무엇보다 소중한 사람을 찾았다.

'반드시 행복하게 해 줄 사람의 입맛을 사로잡는 거야.'

그렇다. 그때 말해준, 고용 관계를 빼고서 존댓말이라는 벽을 치우고, 당부하듯이 부드럽고 진지하게 한 말을, 떠올린다.

(찾았어요, 코유키 씨.)

마히루만을 봐 주고, 마히루만을 사랑해 주고, 마히루를 아껴 주고, 마히루와 함께 행복해질 사람을.

언젠가 직접 소개하러 가면 좋겠다고 생각하면서, 어린 자신이 남긴 비탄의 목소리를 손끝으로 어루만진다.

(앞으로 언젠가, 당신만을 보는 소중한 사람이 생길 거예요.)

눈물을 참으며 일기장을 보는 어린 자신을 떠올리며, 마히루는 조용히 그때의 자신에게 지지 말라며 성원을 보냈다.

## 귀여운 아이들

"정말이지, 곤란해."

밤이 완전히 깊어지고, 두 아이가 침실과 객실에서 제각기 잠든 시간대.

집에서 남은 일을 간단하게 끝마친 듯한 시호코가 거실로 내려와 한숨을 섞어 중얼거려서, 슈토는 자신이 뭔가 아내를 곤란하게 했는지 고민했다.

"일 이야기야? 납기일이 터무니없다는 걸까?"

"아, 아니야. 요전번의 아마네 말이야."

요전번의 아마네라는 말을 들으면 시호코가 무슨 일로 골머리를 앓는지 곧바로 떠올릴 수 있었다.

"토죠 씨네 아들 말인가."

"맞아. 또 시비를 걸었던 것 같으니까. 뭐라고 할까, 고등학교에 가고 나서는 성격이 거칠어졌다나 뭐라나. 아는 부인한테 들었는데, 조금 불량해졌다는 것 같아."

얼마 전, 아마네와 마히루가 산책하러 나갔을 때 하필이면 아마네가 고향을 떠난 계기가 된 소년과 마주쳤다고 한다. 이건 본인에게 들은 이야기다.

정말로 우연히 재회한 거겠지. 아마네가 만나러 갔을 것으론 도저히 생각할 수 없다. 아마네가 귀성했다는 이야기를 들은 토죠가 접촉하는 걸 노렸을 가능성은, 어쩌면 있을지도 모르지만.

“뭐, 아마네가 극복했다면 우리가 참견할 일이 아니겠지. 딱히 무슨 일을 당한 건 아닐 테니까. 그랬다면 아마네도 시이나 양도 태도에 더 드러났을 테고.”

그때 무슨 일이 있었는지는 본인들의 마음속을 들여다봐야 알 수 있겠지만, 적어도 아마네가 상처 입은 낌새는 찾아볼 수 없다. 즉, 토죠와의 접촉은 아마네에게 있어서 고작 그 정도 일이라는 뜻이다.

마히루의 성격상 아마네가 고통스러워했다면 비통한 표정을 지었을 테고, 넌지시 자신들에게 보고했을 테니까 정말로 별일이 아니었을 것이다.

(상처도 다 아물었구나.)

아마네가 옛날에 틀어박힌 걸 아는 슈토로서는 감개무량한 일이다.

이용당하고 배신당한 다음, 그들의 주도로 아마네가 반에서 따돌림당하게 되었다. 그런 이유로 아마네는 당시 몹시 상처받았다.

슈토와 시호코도 토죠의 사람됨을 알아보지 못한 것을, 그리고 주위 사람들에게 어떻게 행동해야 하는지 경고하지 못한 것을 후회했다.

그때까지 애정을 듬뿍 쏟았고, 불편하지 않게끔 생활하게 했다. 그 덕분에 아마네는 솔직하고 남을 의심하지 않는 순수한 아이로 자랐다. 그런 아이가 되고 말았다.

적절하게 조이는 것이 순수하게 배양하는 것보다 잘 부러지지 않음을, 부러진 다음에야 슈토는 깨닫고 말았다.

(뭐, 결과적으론 잘 자랐지만.)

결과를 보면 그때 부러진 것을 양식으로 삼아 지금의 아마네로 성장한 거니까 전부 나쁜 일이 아니었다고 지금이라면 생각할 수 있지만, 그건 전부 결과적인 이야기로, 당시의 자신들은 걱정이 태산이었다.

"그건 그렇지만…… 부모로선, 역시 걱정돼."

평소에는 놀리면서도 자식을 가장 걱정하는 시호코의 머리를 쓰다듬고, 슈토는 복도 쪽으로 슬쩍 시선을 준 다음 곧바로 시호코에게 웃어 준다.

"스스로 극복해서 과거의 기억을 승화했다면, 나로서는 딱히 할 말이 없어."

"너무 무심해, 슈토 씨."

"무심하다고 할까. 신뢰하는 거야, 아마네를."

"나는 귀여운 외동아들이 '으앙~' 하고 울면 '엄마가 다 해결해 줄게!' 라는 심정이 되는걸."

"그걸 아마네가 들으면 '운 적 없어!' 라고 반박할걸. 게다가 아마도 시호코 씨는 의지하지 않으려고 들 거야."

"뭐, 울면 마히루짱이 위로해 줄 테니까. 엄마는 더 필요 없을

지도 몰라. 훌쩍."

"그럴 때는 '으앙~' 이 아니군."

"자잘한 걸 신경 쓰면 안 돼."

시호코는 귀엽게 우는 시늉을 하지만, 진심으로 걱정하는 건 아니까 슈토는 머리를 계속 쓰다듬으며 달랬다.

시호코는 아직 토죠와 관련해서 할 말이 많은지 슈토가 달래는데도 분위기가 조금 험악한 느낌이 들었다.

"그나저나 토죠 씨네도 참 큰일이네. 부모가 고생하니까."

"그렇지. 뭐, 우리가 할 말은 아니지만. 너무 늦게 봤어. 중학교에 들어간 뒤로는 꽤 거칠어진 것 같으니까."

아마네와의 일이 있은 뒤로 조사해서 안 사실이지만, 그는 중학생이 되고 나서부터 그런 친구들과 어울리기 시작해 점점 그쪽으로 기울어진 듯하다.

그리고 그쪽 가정환경도 슬쩍 알아냈다.

시호코는 토죠의 부모가 좋은 사람인 것처럼 말하지만, 슈토가 보면 그 평가가 조금 의심스럽다.

그야 부모는 서글서글해서 대하기 편한 사람들이다. 예의 바르고, 성실하고, 마음씨 착한 부모라는 사실도 안다.

다만 그건 다른 사람에게 보여주는 모습임을, 슈토는 어렴풋이 짐작했다.

청렴결백하게 있으려고 비튼 것이 아들에게 전부 쏠리고 말았다는 것은, 그 아이를 보면 잘 안다.

자신들도 아마네에게 일종의 모순이 존재함을, 순수함이 악의 없는 그림자를 만든다는 사실을 가르치지 않은 문제가 있지만, 그 아이의 가정은 다른 의미에서 자식 교육이 얼마나 어려운지를 알려주었다.

"반항기라니 참 큰일이야. 아마네는 별로 반항하지 않아서 오히려 걱정됐으니까."

"아마네도 반항기는 조금 있었지만, 그럴 겨를이 없어졌으니까 말이야."

"타이밍이 최악이었어. 정말이지, 다감한 시기에 그렇게 됐으니까……."

"반대로 너무 착해서 걱정될 지경이야. 나는 '아저씨!' 소리를 듣는 걸 기대했는데."

슈토는 반항기라면 그 정도는 할 것으로 각오했지만, 아마네는 원래부터 얌전한 아이여서 그 정도로 삐뚤어지지 않았고, 오히려 마음씨 착하게 자라 주는 바람에 김이 샜다.

"그걸 기대하는 건 좀 아니라고 봐."

"아니, 내가 그랬으니까 말이지. 그런 소리를 들으면 나도 그런 시절이 있었다고 절실하게 느낄 수 있었을 테니까."

"슈토 씨는 고등학생에서 대학생쯤에 차분해졌다는 말을 시아버님한테 들었으니까."

"하하하. 하지만 뭐, 딱히 남에게 해를 끼친 건 아니었거든? 친구들과 멍청한 짓을 한 정도였어. 그걸 가늠할 분별력은 있었으니까."

아까 화제에 오른 인물을 다소 힐난하듯 말했지만, 의도한 바는 아니다.

다만 그걸로 다시 떠올린 듯한 시호코가 슬쩍 한숨을 쉬어서, 슈토는 말실수했다며 조금 후회했다.

"토죠 씨네 애는 역시 변한 게 없어."

"그런가 봐. 애들 반응을 봐서도 옛날과 똑같은 것 같군. 반대로 아마네가 너무 변해서 놀랐겠지."

"그야 변했으니까, 아마네는."

슈토도 시호코도, 아마네가 변했는지 물어본다면 나란히 고개를 끄덕일 것이다.

아마네의 상처가 아물 것을 믿고 고향에서 내보냈을 때는 완전히 내향적이고 무뚝뚝했다. 사람들이 다가오지 못하게 퉁명한 말투였는데, 지금 귀성한 아마네를 보면 전혀 딴판이다.

약 1년 반 전의 아마네를 생각하면 도저히 믿기지 않을 만큼 온화하고 차분한 모습을 보이고, 안에서 우러나오는 자신감이 표정을 밝게 했다.

한때는 무척 걱정했지만, 더는 걱정할 필요가 없다고 믿을 정도로는 아마네가 상처를 치유하고 똑바로 자랐다.

"좋은 쪽으로 변해서 안심했어. 부모 곁을 떠나면 어떻게 될지 걱정했는데, 놔주길 잘한 것 같아."

"그래. 부모가 보호하면 성장할 수 없는 부분도 있으니까 말이지. 부모와 떨어져서 스스로 성장한 건 기쁜 일이야."

"후후. 계기는 확실하게 마히루짱일 테니까. 역시 우리 가족이야."

"사랑은 사람을 한 번이고 두 번이고 성장시키는 기폭제가 될 수 있으니까."

"어지간한 계기가 안 생기면 사람은 변하지 않는 법이고."

외부에서의 아무 도움도 없이 스스로 변하려고 하는 사람은 좀처럼 많지 않다. 무언가 등을 떠밀어 줄 계기가 있어야 비로소 변하는 사람이 많다.

아마네의 경우, 그게 마히루였을 뿐이다.

"아마네가 일찍 극복해 줘서 다행인데…… 걔는 아마네에게 집착하지 않을까 걱정이야. 왜, 적반하장이란 게 있잖아?"

"물리적으로 거리가 있는 만큼 걱정하지 않아. 애초에 그 아이에겐 올바른 길에서 벗어났어도 최악을 선택하지 않을 정도의 정신머리는 있을 테니까. 넘어서는 안 되는 선을 건드릴 배짱은 없겠지. 좋든 나쁘든, 소심하니까 허세를 부리는 면이 있을 거야."

"신랄한 데다가 묘하게 확신하네."

"어느 정도 조사하고, 현재 상황을 확인하고 판단한 거지."

"일 처리가 참 빨라……."

어이없다는 눈으로 보는 시호코에게, 슈토는 미소로 답한다.

당시 조사했던 것도 있고, 현재의 토죠가 보이는 언동과 태도가 무엇에서 기인하는지, 어느 정도는 조사를 마쳤다.

당시의 가정환경과 지금의 가정환경, 부모의 노동환경과 교육환경, 조사할 수 있는 건 다 조사한 다음에 판단했다.

물론 토죠의 근본은 바뀌지 않았고, 그 상태로 중학교에서 고등학교로 진학한 듯하지만, 어디까지나 비행 청소년의 범주에 그친다.

법에 저촉하지 않으면서 일상의 울분을 해소하고 있는 듯, 부모가 가르친 올바름의 최종 방위선은 넘지 않는다. 적어도 슈토가 봤을 때는 그랬다.

"아들에게 해를 끼칠 사람의 언동과 생활 태도를 조사하지 않을 리가 있겠어? 써먹을 수 있는 연줄은 써야지. 그 아이의 지금 선생님과 동네 사람 중에 지인이 있어서 도움을 받았지."

"일 처리가 너무 빠르지 않아?"

"빠를수록 다음 선택지가 많아지잖아?"

후수로 밀릴 바에는 선수를 치는 게 낫다. 뭔가 일이 터지고 나서 조사하면 늦는다. 미연에 방지할 수 있다면 방지하는 게 낫겠지.

"아슬아슬하게 성대한 반항기에 들어가지만, 부모가 억누르려고 해서 오히려 폭발했단 말이지. 겨우 그 정도인 거지만."

부모와 반목해서 성질을 부리지만, 완전히 나쁜 사람은 될 수 없다.

토죠의 현재 상태는 딱 그 수준이다.

"뭐, 애초에…… 아마네는 아마 졸업해도 여기로 돌아올 마음이 없을 거야. 대학도 거기서 다닐 예정이니까 말이지. 나도 아마네가 어디 고등학교에 갔는지는 주위에 말하지 않았고. 시호코 씨도 다른 지역에 갔다는 말만 했잖아?"

"그래. 혹시 몰라서."

“대학을 졸업하면 취업해서 더욱 돌아오기 힘들어지겠지. 토죠가 그때까지 쫓아다닐 집착이 있는지는 의문이니까 말이야.”

타락할 때까지 타락한다면 슈토도 경계하겠지만, 아슬아슬한 선에서 버티고 있다. 애초에 아마네에게 집착해도 소용없다는 건 본인도 잘 알겠지.

이미 아마네의 눈에 그 모습이 들어갈 일은 없으니까.

“게다가.”

“게다가?”

“다음은 없어.”

만약, 만에 하나라도, 다음에 아마네에게 뭔가 해를 끼치려고 한다면, 당연히 마땅하게 조치한다.

한 번은 용서했다. 두 번은 없다.

본인에게 어떤 배경이 있더라도, 어떤 이유가 있더라도, 사정을 봐줄 여지가 없다.

피해자로서, 가해자의 이유는 알 바가 아니다. 해를 끼쳤다. 그렇다면 더는 해를 끼칠 수 없도록 제거한다. 그게 전부다.

자신이 무슨 짓을 저질렀고, 무슨 짓을 하려고 했는지 몸으로 이해하게 할 거고, 두 번 다시 아마네의 앞에 나타날 수 없게끔 손을 쓸 것이다.

“슈토 씨가 더 화났잖아.”

“화내는 게 아니야. 그 이전에 장해물이 된다면 치우는 게 당연할 거야.”

예쁘게 자라는 나무줄기를 좀먹으려고 하는 벌레가 있다면 대처하는 게 당연하다. 적어도 다 성장할 때까지는, 자체적인 면역력으로 대처할 수 있게 될 때까지는 당연히 사람이 손을 봐야 한다.

마침내 먼 곳에 뿌리를 내리고 성을 쌓더라도, 부모의 슬하에 있는 아이일 동안에는 보호하고 싶은 것이 부모의 마음이다.

"그게 화난 게 아닐까?"

"음. 화내는 건 아니야. 용서한 것도 아니지만."

슈토도 토죠에게 분노하고 있을 순 없다. 에너지와 두뇌 활동의 낭비니까, 상대가 먼저 행동을 일으키지 않는 이상 이쪽에서 움직일 생각은 없다.

다만 당한 일은 기억하고 있으니까 그걸 그냥 넘어가진 않는다. 그게 전부다.

"슈토 씨. 의외로 뒤끝이 강하구나."

"그야 뭐. 사람은 살면서 좌절을 맛봐야 한다지만, 악의라는 도끼에 찍혀서 부러질 정도라면 마땅히 대처해야지."

"그때는 나도 무서웠는걸. 인맥을 써서 철저하게 조사하는 시점에서 이 사람은 진짜로 화났다고 느꼈어."

"부모는 아이를 지켜야 하는 법이니까. 마음의 치료는 시호코 씨가 잘해 주었으니까, 나는 뒤에서 움직일 수 있어서 편했지."

"아무것도 안 했지……?"

"안 했어. 처음이니까. 경고만 하고 끝냈지."

"두 번째는?"

"나는 부처님이 아니니까. 자비를 베풀 이유는 없어."

두 번째 폭거는 용서하지 않는다. 물론 그런 일이 생기지 않게 노력하겠지만, 만약 두 번째 일이 생기면 그 순간에 명확한 적으로 보고 제거할 작정이다.

"뭐, 애들 다툼이라면 부모는 가만히 있겠지만. 그걸 넘어서면 어른이 나설 차례야. 아이가 속을 앓다가 망가지기 전에, 어른이 대처해야지."

집단 괴롭힘이 명예훼손, 협박, 폭행과 같은 행위로 발전한다면 아이는 어떻게 할 수 없다.

어른이 개입할 필요가 있고, 법에 따라서 상대를 벌해야 한다.

아마네는 이미 걱정할 필요가 없을지도 모르지만, 대비해서 나쁠 일은 없겠지. 슈토는 그렇게 마무리하고 소파에 몸을 기댄다.

시호코도 진지한 얼굴로 "그래."라고 대답하고 작게 한숨을 쉰 순간, 거실 문에서 복도 쪽 공기가 들어왔다.

경첩이 삐걱대는 소리가 조용한 밤에 파고든다.

부부가 덩달아 그쪽으로 시선을 돌리자 문을 조심스럽게 연 마히루가 어색한 기색으로 거실을 들여다보고 있었다.

"어머, 마히루짱. 이런 늦은 시간에 무슨 일이니?"

순식간에 표정이 환해진 시호코가 웃는 얼굴을 보이자 마히루가 미안한 기색으로 눈꼬리를 내리며 거실로 발을 들인다.

마히루는 평소 이 시간에 일어나지 않는다고 하니까, 아무래도 자다가 깼거나 잠이 오지 않은 것 같다.

© Hanekoto

"아, 아뇨. 저기…… 물을 좀 마시려고요."

"어머, 물? 잠깐 기다리렴. 앉아 있어도 돼."

"아, 아뇨. 그러면 죄송하니까요."

"괜찮아. 괜찮아. 사양하지 말고."

단숨에 기분이 좋아진 시호코가 일어나서 주방으로 발소리를 조심하며 뛰어가니까, 그 변모에는 남편인 슈토도 웃음이 나올 수밖에 없다.

아니나 다를까 마히루는 남의 집이라는 점도 있어서 긴장한 기색이 가시지 않는 듯, 정말이지 조심스러운 느낌으로 슈토가 있는 곳으로 걸어와 머리를 꾸벅 숙였다.

"저기, 방해해서 죄송해요."

"아니야. 상관없어. 너무 예의 바르게 사과하지 않아도 돼."

"그래. 맞아. 이미 한 지붕 아래에서 같이 사는 사이인걸."

"그야 같이 사는 건 맞지만, 기간 한정이야."

"아이참, 찬물 끼얹지 마. 지금 찬물을 챙기는 건 나 혼자면 충분해."

슈토가 한 지붕 아래에서 가족이 한꺼번에 늘어나는 것보다 우선 아마네만 늘리는 게 마히루에겐 좋지 않을까 하고 딴지를 걸었더니 주방에서 시호코가 큭큭 웃는 소리와 함께 페트병에서 물이 졸졸 흘러내리는 소리가 들렸다.

잠시 후에는 쟁반에 잔을 세 개 올린 시호코가 돌아와 활짝 웃으며 그중 하나를 마히루에게 건넨다.

"자, 받아."

"고맙습니다."
"슈토 씨도 받아요. 목이 마르죠?"
"그러네."
오늘 밤은 평소보다 많이 말했다. 시계를 보니 어느새 한 시간이 지난 듯, 이야기에 집중하면 언제나 이렇다며 이번에 가장 말을 많이 한 슈토가 쓴웃음을 지었다.
잔에 입을 대니 모르는 사이에 열이 났는지 물이 차갑게 목을 넘어간다.
너무 어른스럽지 않았다고 사랑하는 아들을 위해 조금 폭주할 뻔했던 것을 반성하며 조용히 열을 식히려는 슈토를, 어째서인지 마히루가 조금 눈부신 것처럼 보고 있었다.
시호코도 이야기하면서 목이 마른 듯 물을 쭉 들이켜고 잔을 테이블에 놓았다. 그리고 마히루가 천천히 물을 다 마신 것을 확인하고 나서 웃으며 말한다.
"참고로, 아까 이야기는 아마네한테 하지 말아야 한다?"
"아."
알면서도 말할지 말지 고민하던 것을 시호코가 쉽사리 말하자 마히루의 안색이 확 나빠졌다.
제아무리 시호코라도 이래서는 혼내는 것처럼 들린다는 것을 이해한 듯, 곧바로 허둥지둥 손을 흔들어 그런 뜻이 아님을 주장한다.
"아, 혼내려는 건 아니거든?! 복도에 다 들릴 정도로 큰 소리로 오래 이야기한 우리가 잘못한 거니까!"

마히루가 몰래 엿들었다며 죄책감을 표정에 드러내니까, 시호코의 당황은 보통이 아니었다.

"으으, 미안해. 그러려는 게 아니었어. 신경 쓰지 않아도 돼. 알았지?"

"시호코 씨는 단순히 아마네가 알면 창피하니까 말하지 말라고 한 거야."

"어, 어쩔 수 없잖아."

이대로 가다간 서로 오해할 것 같아서 슈토가 말을 보태자 시호코는 뺨을 살짝 붉히고 난처한 듯이 눈썹을 팔자 모양으로 만든다.

"너무 걱정하면 '애 취급하지 마. 애초에 이젠 괜찮아.' 라고 말할 것 같거든. 실제로 아마네의 분위기를 보면 괜찮은 걸 알지만, 부모니까 역시 걱정이 돼. 이미 어엿한 남자애인데, 우리가 보면 아직 귀여운 아이니까."

시호코의 감정은 슈토도 이해할 수 있고, 아까 자신도 열을 낸 이유가 그런 감정에 가까운 것이어서 미소를 짓고 시호코가 하는 말을 들었는데, 마히루가 갑자기 표정을 일그러뜨리는 바람에 두 사람 모두 허둥대게 되었다.

방금 혼내는 걸로 오해했을 때보다 훨씬 슬픈 느낌으로 눈썹이 처진 마히루의 얼굴은 당장에라도 울 기세이고, 캐러멜색 눈은 지금도 눈물이 뚝뚝 떨어질 것처럼 촉촉해 봇물이 터지기 직전이다.

그런데도 한 방울도 흘리지 않고 그저 입술을 꾹 다문 그 모습은, 울음을 터뜨리기 직전이라는 말로 표현할 수밖에 없다.

"혹시 우리가 뭔가 기분이 상할 소리를 했니?"

"아, 아니에요. 그냥, 부러워서요."

뭐가 부러운지는, 곧바로 이해했다.

마히루의 사정은 어느 정도 들었고, 어떤 환경에서 자랐는지도 들었다.

자신들과 마히루의 부모는 정반대라고 해도 될 만큼 딴판이다. 자식에게 너무 무관심하고, 부모의 의무를 대부분 내팽개쳤다.

기본적으로 부모에게 아이 취급을 못 받은 마히루는, 아마네를 아끼는 슈토와 시호코를 보는 것이 괴로웠으리라.

어째서 자기는 이렇게 안 됐는지. 그렇게 목소리로 안 나오는 비명이 마히루의 몸에서 흘러나와서, 그 비통한 모습에 슈토가 눈썹을 축 내린다.

(딸이 이런 얼굴을 하게 하는 사람은 부모도 아니야…….)

부모도 사람이다.

호불호나 상성도 있다. 처한 환경도 있다. 아이를 무조건 우선하라고는 말할 수 없다.

사랑하지 못하는 것 자체를 비난할 마음은 없다.

그건 남이 가볍게 할 말이 아니리라.

그저, 생각하는 것이다.

사랑하지 못하더라도, 이 세상에 생명으로 태어나게 한 이상, 책임을 져야 한다.

한때는 부모가 되기를 결심하고 낳고서, 부모일 것을 내팽개치고, 아이를 울리는 사람이 있어서는 안 된다.

알지도 못하는 상대인데도 혐오감이 엄청나서, 슈토는 온화한 얼굴 속으로 끓어오르는 분노를 꾹 눌러 담고, 부모와 떨어진 아이가 슬픔을 참듯이 언제까지고 앳된 표정으로 침묵하는 마히루를 조용히 바라본다.

"부러워하지 않아도 되는걸? 그야 마히루짱은 이미 우리 딸이니까."

생각하는 것을 시호코가 마히루에게 전해 주어서, 같은 마음인 것을 안도하며 슈토도 마히루에게 미소를 지었다.

마히루는 예상하지 못했는지 "어?" 하고 말문이 막혔다.

"어머, 너무 성급했니? 내가 지레짐작한 걸까?"

"어, 어, 아뇨. 그렇진 않……지는…… 않은, 데요……?"

"어머나."

"시호코 씨, 너무 놀리지 마. 하지만 나도 딸처럼 생각해."

자꾸 밀어붙이는 바람에 마히루의 표정에서 슬픔이 빠지고 혼란으로 가득해지니까 더욱 밀어붙이는데, 그러자 마히루는 더욱 굳어버렸다.

"애초에 그 소심하고 기본적으로 남을 믿지 않았던 아마네가 이토록 믿고 반한 상대야. 우리도 믿고, 지금껏 접한 시이나 양이 착한 아이인 걸 잘 알아."

"착한 아이, 가……. 저는, 그렇게 보여줄 뿐인데."

"마히루짱이 말하는 착한 아이와, 우리가 생각하는 착한 아이는 달라."

'착한 아이' 라는 말에 반응해서 몸을 흠칫 떤 마히루에게, 시호코는 한없이 밝고 호의로 가득한 웃음을 지어 보였다.

"우리가 말하는 착한 아이는, 아마네가 진짜진짜 좋아 죽겠는 아이란 뜻이거든."

"어? 아으."

"어허, 시호코 씨. 그건 극단적인 표현이고."

조금만 더 좋은 표현이 있을 거라며 슈토가 시호코를 다그치지만, 시호코는 "알기 쉬운 표현 같은데."라며 철회할 마음이 전혀 없다.

이것만으론 또 오해가 생길 듯하니까, 슈토는 부끄러워서 얼굴이 빨개진 마히루에게 부드럽게 웃으며 말을 잇는다.

"시이나 양은 우리 아들을 좋아해 주잖아? 진지하게 마음을 주는 걸 알고, 아마네와 행복해지려는 것도 느껴져. 자기 혼자만이 아니라, 아마네만이 아니라, 둘이서 함께 행복해지려는 모습이 보이거든."

마히루가 진심으로 아마네에게 반한 것도, 반대로 아마네가 마히루에게 푹 빠진 것도, 부모가 보면 금방 알 수 있다.

서로 좋아하고 존중해서 둘이서 살아가겠다는 기개가 느껴지고, 지금도 실제로 저쪽에서 거의 함께 생활하고 있다는 이야기를 들어서 안도했다.

이 아이들이라면 괜찮을 거라고.

"힘든 일이 있어도 둘이서 극복하려는 걸 보고, 이 아이라면 아마네를 맡길 수 있다고……라고 하면 조금 이상한가? 멋지다고 생각하고, 우리도 지켜보고 싶어져."

"오히려 아마네에게 맡기면 조금 불안하니까 마히루짱이 주도권을 잡아도 돼."

"어허, 아마네도 성장했다니까."

"알기는 하지만."

이럴 때 마히루를 편애하는 시호코는 볼을 찔러서 타이르고, 슈토는 놀라움으로 가득한 표정을 지은 마히루를 푸근한 눈으로 본다.

"우리는 이미 시이나 양을 받아들였어. 가족과 같다고 여기고, 곤란한 일이 생기면 돕고 싶어."

뭘 어떻게 해도, 시호코와 슈토는 마히루의 진짜 부모가 될 수 없다.

그래도 마히루와 관계가 있는 어른으로서 도움의 손길을 내밀 수는 있다. 어둠에 떨어진 소녀를 끌어올릴 수 있다.

"만약 가정의 일로 도저히 견딜 수 없다면, 우리 집으로 와. 피난소가 되어도 좋고, 우리나 우리 친척에게 양자로 들어가서 호적에서 빠져나가는 방법도 있으니까."

"극단적으로 말해서, 법적으로 성인이 되면 친권자의 동의가 없어도 결혼할 수 있는걸."

빨리 어른이 안 될까, 하고 성급한 시호코는 슈토가 머리를 쓰다듬어서 망상을 멈추게 한다.

다만 그것이 망상이 아니라 현실이 될 것 같다는 사실은 슈토도 실감하고 있었다.

그만큼 아마네와 마히루의 신뢰 관계, 결속은 강하다. 과거 자신들이 교제하기 시작했을 때보다도 훨씬 각오를 마친 관계로 보인다.

후지미야 일가에는 일편단심인 사람밖에 없다.

아마도 마히루가 거부하지 않는 한, 아마네의 의지가 바뀔 일은 없을 것이다.

마히루도 언젠가 후지미야 성을 쓰게 되겠지. 그래야 이 아이가 괴로운 과거와 결별할 수 있지 않을까 싶다.

"마히루짱은 아직 어리니까, 힘들다면 의지할 수 있는 어른을 찾아가면 돼. 문제가 생기면 어른에게 상담하렴. 우리라도 괜찮다면 최대한 도와줄게."

마히루를 똑바로 보는 시호코가 떨리는 손을 잡고 말하자 마히루가 고개를 숙인 채로 작게 끄덕였다.

그 손을 감싼 시호코의 손에 물방울이 하나 떨어진 것은 못 본 척하기로 했다.

얼마 후 고개를 든 마히루는 눈시울이 조금 빨개지긴 했어도 표정은 조금 밝아졌다.

말없이 손을 잡고 있는 시호코에게 웃는 모습에서는 이미 아까 부모와 떨어진 아이 같은 흔적을 찾아볼 수 없다.

"아까 이야기, 아마네 군에게 말하지 않는 대신에, 두 분도 제가 울 뻔한 걸 말하지 말아 주세요."

"그래. 약속할게. 어기면…… 그러게. 포옹하는 벌을 주는 걸로 하자."

"후후. 그건 벌이 아니에요."

"저기, 슈토 씨. 들었어? 이건 아마네에게 말해주고 싶어. 얘가 진짜 귀여워졌는걸."

자기가 먼저 벌을 제안해 놓고서 멋대로 끌어안아 자발적으로 벌을 받는 시호코를, 마히루는 기쁜 눈치로 받아들이고 있다.

그건 정말 벌이 아니라고 시호코에게 당하고만 있는 마히루를 바라보며, 슈토도 흐뭇하게 입가에 미소를 지었다.

"귀여워. 기왕 이렇게 됐으니까 오늘 밤엔 같이 잘래? 연애 이야기 할래?"

"그랬다간 내가 갈 데가 없어지겠는걸."

"아마네랑 같이 자든지?"

"내일 아침에 비명을 듣고 잠에서 깰 것 같으니까 사양하겠어. 멋대로 침실에 들어가면 미안하고, 아마네도 그 나이에 아빠랑 자는 건 사양하고 싶을 테니까."

아무리 생각해도 아마네가 입도 뻥끗하지 않게 될 것이 뻔하니까, 슈토는 쓴웃음을 지으며 천천히 고개를 저었다.

그런 대화가 재밌는지 조심스럽게 소리 죽여 웃는 마히루를 보고, 슈토와 시호코도 서로 눈을 맞추며 뺨을 부드럽게 풀고 웃었다.

## 바라지 않은 접촉

정말이지, 대체 왜 지금 와서.

아마네에게 자신의 아버지—— 아사히와 만나 이야기했다는 말을 들었을 때부터, 마히루의 머릿속에선 사고를 방해하는 것처럼 그런 감정이 빙글빙글 맴돌았다.

마히루에게 부모란 어떤 의미로 보면 환상 같은 것으로, 자신에게는 없는 것과 다름없는 존재였다.

자신을 구성하는 유전자의 제공자라는 인식은 있지만, 자신을 키워 줬다는 인식은 일절 없다. 자아가 싹텄을 시기부터 마히루에게 인간적으로 사는 방법과 여러 가지 지식을 준 것은 가정부 겸 가정교사인 코유키이지, 부모가 아니었다.

그런데도 어릴 적에는 부모의 관심을 원해서 노력하고, 다가갔지만, 부모는 응하지 않았다.

아니, 거부했다.

낳기만 하고, 돌보지 않고, 방치하고, 자기들이 하고 싶은 일을 우선한 사람들.

그것이 부모에 대한 마히루의 인식이었다.

처음에는 부모가 관심을 보여주길 원해서, 사랑해 주길 원해서, 필사적으로 손을 뻗었다. 그런데 그것이 헛수고임을 깨달았을 때의 절망을, 그들은 모르리라. 마히루가 얼마나 상처받았는지도 모르고, 알려고 하지도 않으리라.

그로부터 마히루가 부모에게 큰 실망과, 정말로 아주 작은 희망을 품고 살아온 것도, 그들은 모른다. 알아주기를 바라는 마음도 사라졌다.

사랑받기를 포기하면서도 정말이지 작은, 큰 강에 하나밖에 없는 사금을 찾는 듯한 가능성에 매달린 것이 한심해서, 그런데도 채 포기하지 못한 자신이 어이없어서.

아마네의 존재로, 가까스로 부모의 애정은 이제 필요 없다고 여기게 된 참에 일어난 일이었다.

"지금 와서, 뭘."

입에서 나온 건, 몹시 차가워진 목소리였다.

천사님으로서 사람들에게 드러내는 목소리에서도, 아마네에게 드러내는 목소리에서도 상상할 수 없는, 싸늘한 목소리.

마히루에게 아버지란 존재는 이미 내면에도, 밖을 둘러싼 환경에도 없는, 단순한 타인이 되고 말았다.

코유키에게 전부 떠넘기고 10년 넘게 엮이려고 하지 않으며 방치한 사람이 무슨 생각으로 접촉을 꾀했는지, 마히루는 모른다. 알고 싶지도 않았다.

(부모인 척해도.)

아무것도 해 주지 않았으면서 부모로 보라는 게 무리다.

일단 아주 조금이나마 옹호하자면, 아사히는 마히루에게 폭

언을 내뱉는 일이 없었다. 사요와 비교해서 그 점에서는 멀쩡하다고 할 수 있고, 마히루를 보고도 모른 척했다는 점에서는 사요보다도 더 악질이다.

마히루가 아무리 괴로워도 아무것도 하지 않고, 결국에는 불편한 현실을 외면하고 일에 몰두함으로써 마히루의 존재를 말소한 아사히와 마히루를 꺼리고 부정하기는 했어도 존재 자체는 인정했던 사요.

과연 누가 더 멀쩡한지, 마히루는 알 수 없다.

확실한 건, 지금 와서 부모임을 밝히고 접촉을 꾀한 아사히를 신용하거나 받아들일 마음이 마히루에게 없다는 사실이다.

(대체 무슨 바람이 분 건지.)

지금 와서 부모인 척한다면 경계하는 게 당연하겠지.

직접 접촉한 아마네의 말로는 해를 끼칠 마음이 없다고 하지만, 그렇다면 더더욱 이해할 수 없으니까 경계하는 게 당연하다.

본인도 그걸 아니까 난데없이 마히루와 접촉하려고 하진 않으리라.

마히루의 심정으로는 그게 더 최악이고, 몰래 주위를 캐는 듯한 불쾌함이 느껴지지만.

다행히 지금까지 어렴풋이 느낀 아사히의 성격으로 미루어 봐서 강권을 쓰지 않고 그냥 넘어갈 것임은 짐작할 수 있다. 그렇기에 마히루를 직접 어떻게 하려고 생각하지는 않을 것이다.

만약 아사히가 자신에게 뭔가 불이익이 생기는 짓을 하려고

든다면 마히루는 지금껏 뭔가 일이 생길 때마다 기록한 일기와 부모가 거의 관여하지 않았음을 아는 초중학교 교사, 그리고 가장 가까이 있던 코유키에게 증언을 부탁해서 아동상담소로 달려가는 것도 고려하고 있다.

일기에 관해서, 아마네에게 기억에 남은 것을 썼다고 한 것은 딱히 틀린 말도 아니다. 하지만 그 목적과는 별개로 지금껏 당한 일도 감정을 포함해 빠짐없이 기록한 증거로 삼으려는 목적도 있다.

지금까지 당한 일이 아동 학대에 해당할지는 미묘하지만, 조사가 시작되었다고 주위에 알려지면 사회적 지위에 영향을 줄 것은 예상한다. 자기 몸을 지키기 위해서, 생활을 지키기 위해서라면 가능한 범위에서 반격할 작정이다.

(그렇게 되지 않기를 빌지만요.)

마히루도 일을 키우고 싶은 건 아니다. 지금의 생활을 유지하면서, 엮이지 않고 거리를 두며 살고 싶다.

갑작스러운 변화를 보인 아버지의 속내는 알고 싶지만, 엮이면서 지금의 생활이 무너진다면 모르는 것을 택하겠다.

마히루는 부모의 애정이 이미 필요 없으니까.

현실적인 이야기를 하자면 금전 면에서는 필요할지도 모른다. 다만 계좌에는 이미 대학에 다닐 학비가 있고, 돈으로 해결하면 된다는 식으로 매달 막대한 돈을 입금해 주는 덕분에 대학 생활의 절반 정도는 버틸 생활비도 있다. 통장, 인감, 명의도 전부 마히루 거니까 그들이 손댈 수는 없다.

고등학생의 재산치고는 터무니없는 금액을 소지하고 있지만, 이건 마히루 본인에게 주는 양육비이자 방치에 대한 위자료 같은 돈이다.

부모는 이미 애정을 기대해도 될 상대가 아니다. 마히루의 생활을 위협하는 공포의 대상에 가깝다.

이젠, 필요 없다.

지금 와서 관심의 손길을 내밀어도 순순히 그 손을 잡을 만큼 어리지도 않고, 사랑에 굶주리지도 않았다.

마히루에게는 손을 잡아야 할 사람이 있으니까.

평소처럼 아마네의 집에 가자 아마네가 온화한 얼굴로 맞이해 주었다.

지난번에 아사히와의 일이 있은 뒤로도 아마네의 태도는 달라지지 않았다. 아니, 올바르게 말하자면 평소보다도 포용력이 있다고 할까, 시치미를 뚝 떼고 배려하고 있는데, 겉으로는 드러내지 않으려고 하는 듯했다.

폭탄처럼 대하지도 않고, 반대로 눈치 없이 건드리지 않는다. 그저 다정하고 평범하게 대하는 아마네가, 지금의 마히루에게는 정말 고마웠다.

아마네를 따라서 거실로 들어서자 싸늘한 공기가 맞이한다.

평소의 온도 설정을 아니까 에어컨을 세게 튼 것이 아님을 아는데도, 왠지 몸이 차갑게 느껴져서 딱 달라붙자 아마네는 작게 웃으며 마히루의 손을 잡고 소파에 앉았다.

털썩. 아마네의 손에 이끌려 소파에 몸을 파묻은 마히루가 옆에 앉은 아마네를 보니 표정은 평소와 같은데도 눈빛이 조금 다정했다.

"아마네 군."

조심조심 사랑하는 사람의 이름을 부르자 봄날의 태양처럼 푸근하게 웃는 얼굴을 보여주었다.

눈석임을 보채듯 따스하게 감싸는 듯한 미소가 가슴속 답답함을 조금 걷어내는 것 같았다.

그런데도 지난번 일로 부풀어 오른 것은 아직 가시지 않는다. 결국 가슴속 답답함의 중심에 지금껏 응축된 응어리 같은 게 단단하게 뭉쳐서, 문득 떠오른 듯한 그것이 존재감을 주장하는 바람에 의식하고 마는 것이다.

"응. 왜 불러?"

아마네가 옛날 모습에서는 상상할 수 없을 정도로 다정한 목소리로 대답해서, 마히루는 어쩌면 좋을지 몰라 시선을 이리저리 돌렸다.

딱히 아마네가 뭘 어떻게 해주길 바라는 건 아니다. 그저 곁에 있고 싶어서 아마네를 찾아왔다.

"저기…… 손을, 잡아 주세요."

생각하고, 조금 부탁해 봤다.

마히루가 손을 잡고 싶은 사람은, 마히루의 손을 잡을 사람은, 아마네밖에 없다.

그걸 다시 확신하고 싶었던 걸지도 모른다.

조금 머뭇거리면서 부탁한 마히루에게 슬며시 미소를 짓고, 아마네는 커다란 손으로 마히루의 손을 감쌌다.
처음으로 만져 주었으면 좋겠다고 생각했다. 조금 앙상하고 왠지 투박한, 딱딱한 손바닥. 언제든지 조심스럽게 만져 주는, 다정한 손바닥.
이 손이 감싸기만 해도 힘이 빠져나갈 정도로 편해진다.
"손만 잡으면 돼?"
옵션을 추가하지 않아도 되겠냐는 듯이 다정하면서도 조금 짓궂게 묻는 아마네에게, 마히루는 더 응석을 부려도 되는지 고민하며 시선을 내렸다.
결국 아사히는 추가로 접촉하지 않았다. 아무 일도 없었던 것처럼, 평소의 일상이 돌아왔다.
혼자 끙끙 앓기만 한 건데, 자꾸 아마네에게 기대도 될까 싶어서 고민하며 입을 다문 마히루에게, 아마네는 손에 힘을 살짝 준 다음에 슬그머니 온기를 뗐다.
"아." 하고 소리를 낸 것과 동시에, 마히루의 머리를 담요가 덮었다.
"마히루는 오늘 평소보다 차가운걸. 에어컨 바람을 너무 쐰 걸지도 몰라. 자, 담요로 돌돌 말아."
아마네는 웃으면서 그렇게 말하고 아직 냉방으로 차가워진 것도 아닌 마히루의 몸을 담요로 감싼다. 그러고 나서는 마히루의 등과 무릎 뒤로 팔을 집어넣어 가뿐하게, 아무런 망설임 없이 안아 들었다.

그대로 아마네의 허벅지 위에 옆으로 누운 자세로 착지하게 된 마히루가 눈을 깜빡거리며 당혹스러운 기색을 보이자 이쪽을 들여다보는 흑요석 눈이 다정하게 눈웃음을 띠었다.

"따뜻해졌어?"

"네……."

정말로 아무런 망설임 없이 마히루를 감싼 아마네를 보면 눈시울이 뜨거워지지만, 아마네는 마히루가 이것저것 생각해서 고민하는 것을 일부러 언급하지 않아 주니까 그 열기가 녹아서 흘러내리지 않도록 미소를 지었다.

허세로 여길지도 모르지만, 허세여도 좋다. 아마네는 그런 마히루를 받아들여 줄 것이라는 확신이 있었다.

조금 쓴웃음을 지은 듯한 숨결이 느껴지지만, 마히루는 아마네의 표정을 보지 않고 그저 듬직해진 가슴팍에 얼굴을 댄다.

(이길 수가 없네요.)

마히루의 성격을, 작은 자존심을, 스스로 걷어낼 수 없는 불안을, 전부 꿰뚫어 보고, 이렇게 저항할 수 없는 상황을 만든 것이다.

마히루가 조금이라도 자연스럽게 안심할 수 있게끔.

어디까지나 마히루의 뜻을 존중해서 속에 끌어안은 것을 억지로 끄집어내려고 하지 않는 아마네에게, 마히루는 슬쩍 한숨을 쉬었다.

(정말로, 이런 점도, 좋아요.)

자기 부모를 보면 가정이란 것에 의문이 생길 때가 있었다.

© Hanekoto

마히루에게 화목한 가정이란 환상이었고, 그런 게 현실에 존재하는지 의심스러워 견딜 수 없었는데—— 아마네를 보면 서로 아끼고, 존중하고, 도우며 살아가는 가족이 있음을 실감할 수 있다.

간절히 바랄 정도로 부러운, 이상적인 가정에서 자란 아마네가 눈부시게 보인다.

(아마네 군이, 좋아…….)

자식이 봐도 멀쩡하지 않은 가정에서 태어난 마히루는 남과 지내는 것과 가정을 꾸리는 것을 달갑게 여기지 않았다. 하지만 아마네와 만나고 희망을 배웠다.

이렇게 아마네에게 부드럽게 감싸여 정말 소중히 여겨지면, 이 사람이라면 앞으로도 걸어갈 수 있다고, 행복해질 수 있다고, 더 강하게 느껴진다.

그렇게 생각했을 즈음, 자세히 생각해 보면 아마네와 장차 그런 관계가 될 마음으로 가득하다는 사실을 깨닫고, 무심코 아마네의 품에서 희미하게 몸을 떨었다.

(그야 정말 좋아하고, 다시는 떨어지고 싶진 않지만요!)

고등학생 주제에 사고방식이 너무 부담스럽지 않은가.

일반적인 고등학생의 교제가 대부분 한철인 것을 아니까, 장래를 내다보는 것은 조금, 아니 많이 부담스러우리라.

아마네도 마히루를 매우 사랑해 주는 걸 안다. 그리고 오랫동안 함께할 마음도 있어 보인다. 하지만 지금부터 멋대로 결혼을 의식하는 건 너무 부담스러운 사고방식이다.

강한 집착과 애정에 스스로 당혹스러울 정도로 작게 신음하는데, 아마네는 당연히 마히루의 혼란스러운 심정을 모르니까 그저 걱정하듯이 등을 부드럽게 쓸었다.

"저기…… 아마네, 군."

"응?"

"부담스럽지 않아요……?"

무엇이 그런지를 말하지 않은 건, 치사할지도 모른다.

아마네는 마히루의 질문을 듣고 눈을 몇 번 깜빡인 다음, 이상하다는 듯이 웃었다.

"걱정하지 않아도, 부담스럽지 않아. 이래 봬도 단련하고 있는데, 그렇게 불안해?"

"불안, 하다고 할까요."

"마히루는 작은 일에도 신경을 쓴단 말이지. 걱정하지 말고 응석을 부리거나 의지하면 돼. 기대고 있어. 조금이라도 마히루가 차분해진다면 나는 얼마든지 받아들일 거니까."

이상한 걸로 다 걱정한다며 웃은 아마네는 마히루가 말한 '부담'을 두 가지 의미로 이해해 준 것이리라.

말속에 감춰진 '부담'의 진짜 의미에 관해서는 마히루도 말하지 않았으니까 모를 테지만, 마히루는 그걸로 충분했다.

아마네는 마히루를 받아들여 준다. 그것만으로.

"있잖아. 정신적으로 힘들거나, 불안해서 겁이 나거나 하면 말해줘. 그게, 내가 그 원흉을 어떻게 할 수는 없을지도 모르고, 그 고통은 마히루 거니까 내가 대신해 줄 수는 없어. 하지만 힘들어하는 마히루의 곁에 있을 수는 있거든. 이겨낼 때까지, 곁에 있을게."

"네……."

"토해내서 편해진다면 토해내도 되고, 말하기 싫으면 말하지 않아도 돼. 나는 마히루가 편해지는 쪽을 받아들일게."

어디까지나 마히루에게 선택을 맡기는 자세를 고수하는 아마네. 마히루는 이 사람을 좋아하길 잘했다고 마음속으로 생각하면서, 몸에서 힘을 빼고 기댔다.

"괜찮아요……."

부모에 대한 감정을, 아마네에게 토해낼 마음은 없다. 지난번에 이미 했다.

소용돌이치는 회색 감정은 혼자서 다 처리할 수 없을지도 모른다.

하지만 아마네가 곁에 있다면 마히루는 가슴속 깊숙한 곳에 있는 어두운 감정과 기억을 받아들이고, 앞으로 나아갈 수 있을 것 같았다.

"저기, 강한 척하거나 속에 끌어안는 게 아니라…… 이건 제가 다 소화하지 않으면 앞으로 나아갈 수 없을 것 같아서요."

아무리 토해내도 무한정으로 솟아나는, 불평불만을 한탄하는 어린 자신의 감정.

그것은 결국 아무리 토해내도 근본이 변하지 않는 한 언제든지 생길 것이다.

아마네와 앞으로 나아가기 위해서도, 어릴 적 부모를 애타게

찾다가 잘못된 형태로 가슴속 깊은 곳에 묻은 '부모에 대한 집착'을 소화하고, 승화시켜야만 한다.

자신이 잘못을 저지르지 않기 위해서라도.

"그렇구나……."

아마네는 나지막하게 맞장구를 치고 마히루의 등을 쓸었다.

"곁에 있어 주기만 해도, 충분해요. 당신의 존재가, 저를 구해 주니까요."

"호들갑은."

"진짜인데요?"

아마네가 없었다면, 아마네와 만나지 않았다면, 마히루의 장래는 절대로 밝지 않았으리라.

아무도 믿지 않고, 아무도 진심으로 사랑할 수 없을 것이다. 부모 때문에 주체할 수 없는 울분을 끌어안고 살아갈 것이다.

분명 먹구름이 낀 하늘 아래에서 평생을 고독하게 살겠지.

"아마네 군을 만난 저는, 운이 좋아요……."

진심 어린 투로 중얼거린 마히루에게 뭔가 더 말하지 않고, 아마네는 그저 부드럽게 감싸듯 마히루의 몸을 끌어안았다.

## 닦으면 닦을수록 빛나는 것은

하루의 피로와 땀을 물로 싹 씻어낸 아마네가 욕실에서 나와 거실로 돌아가자 마히루가 소파에 앉아 책을 보고 있었다.

벌써 오후 10시가 지난 참이니까 평소라면 자기 집으로 돌아갈 시간대인데, 어찌 된 일인지 아직 남았다.

아마네로선 목욕 시간에는 헤어진다고 여겼고, 그 직전에 '잘 자.' 라고 말을 건넸으니까 이미 집에 갔을 줄로만 알았다.

"아직 안 갔어? 집에 간 줄 알았는데."

귀가 시간이 늦어지는 건 상관없다. 어차피 옆집에 살고 사귀는 사이니까, 이 시간대라면 아슬아슬하게 허용할 수 있는 범위겠지.

다만 마히루도 집에서 할 일이 있을 테니까, 아마네로선 그 부분이 걱정된다.

아마네의 집에서 할 일은 다 끝냈을 테고, 한차례 귀가해서 목욕한 다음에 이곳으로 돌아온 듯한데, 아마네가 모르는 마히루의 일과나 볼일은 없는지 의문이 생긴다.

"미안해요. 아마네 군이 목욕을 마치고 나오기 전에 가려고 했는데요……. 끊기 좋은 데까지 하고 마무리하려고요."

보아하니 참고서를 푸는 데 집중했던 모양이다.

원래부터 마히루는 고등학교 교과 과정을 먼저 다 공부하는 위업을 달성해서 다른 학생들보다 학습 진행이 빠듯할 일이 없지만, 성실하고 꾸준하게 노력할 줄 아는 마히루는 복습을 거르지 않는다.

이 참고서의 학습 내용도 이미 머릿속에 있을 테지만, 단단히 새길 수 있게끔 푸는 거겠지.

"와, 정말 잘하네. 대단한걸."

"고마워요."

옆에 앉으면서 마히루의 머리를 쓰다듬자 간지러운 듯이 눈을 희미하게 뜬다. 아마네는 그대로 머리카락을 손으로 쓸려고 했는데, 목욕을 마친 손으로는 다 마른 머리카락에 손가락이 엉겨서 머리가 헝클어질 것 같아서 그만뒀다. 그러자 마히루는 미묘하게 못마땅한 표정을 짓는다.

정말 알아보기 쉬워졌다며 슬쩍 웃으며 아마네가 불만이 차기 시작한 볼을 쓰다듬자 마히루의 입 밖으로 속에 쌓이다 만 불만이 쏙 빠져나왔다.

아마네도 본받고 싶을 정도로 잘 관리한 볼살을 살살 간지럽히며 마히루가 잡은 참고서를 들여다본다.

아마네가 배우는 내용보다 진도가 많이 나갔지만, 아마네도 나름대로 예습하고 있고 마히루가 복습하는 겸 같이 공부하는 덕분에 대강 이해할 수 있는 내용임을 확인했다.

마히루 님 만만세라고 속으로 머리를 조아렸다.

"이거, 다 보면 잠시 빌려도 될까? 나도 풀어 보게."

"그래도 돼요. 그 이전에 저는 이걸 여러 번 풀었으니까 그대로 줄게요. 다른 것도 있으니까요."

"아니, 급하지 않으니까 괜찮아. 나는 너무 신경 쓰지 마."

아마네로선 자신을 우선해 주길 바라는 게 아니다.

빌리면 좋겠다는 정도로 가벼운 마음이므로, 마히루를 불편하게 할 정도로 강요할 마음은 없고, 그러길 바라지 않는 마음이다.

"별로 상관없는데요. 내용이 비슷비슷한 참고서는 집에 아직 많으니까요."

"진짜로……?"

"농담으로 여기지 말아 주세요. 참고서는 많이 풀수록 기초와 응용을 단련할 수 있어요. 그러니까 자주 풀고, 새로운 문제를 찾아서 다른 것도 사요. 문제를 푸는 게 즐거우니까요."

대수롭지 않게 말하는 마히루를 본 아마네는 당혹스러울 수밖에 없다.

그야 참고서를 다수 보유한 건 이해한다. 아마네도 같은 과목의 참고서가 여럿 있지만, 마히루가 말하는 투로 봐서는 종수가 꽤 많은 듯하다. 아무리 그래도 그 정도로 철저하지 않은 아마네로선 감탄만 나온다.

많이 풀수록 이해하기 쉬워지니까 공부하는 게 즐겁다는 심정은 알지만, 마히루는 역시 아마네보다 훨씬 근면하고 노력가임을 실감했다.

“그렇다면 빌리겠는데…… 나를 너무 우선하진 마.”

“우선한다고 할까, 이건 딱히 상관없는 건데요. 아마네 군이 다 본 다음에 다시 봐도 되니까요. 아마네 군이야말로 너무 신경 쓰는데요?”

복수하는 것처럼 아마네의 뺨을 콕 찌르고 손끝으로 간질이는 마히루를 흐뭇하게 보며 당하고만 있는데, 문득 마히루가 손을 멈췄다.

갑자기 딱 멈추니까 무슨 일이 생겼나 살펴보자 마히루는 아마네의 뺨을, 그보다는 얼굴 전체를 빤히 바라보고 있었다.

“왜 그래? 여드름이라도 생겼어?”

아까 거울을 보면서 피부 관리를 했을 때는 그런 게 안 보였고, 감촉도 없었는데, 어쩌면 놓쳤을지도 모른다. 그렇게 생각해서 거울에 비친 자기 얼굴을 떠올리던 아마네에게, 황갈색 머리칼을 흘리듯이 천천히 고개를 흔드는 마히루.

“아뇨, 그 반대예요. 아마네 군 피부가 참 좋아져서요.”

“아, 그런 거야? 무슨 일인가 했어.”

“모공의 크기와 건조 상태, 감촉과 예전과 전혀 달라서요. 지금 다시 보니까 참 좋아졌다고, 가까이서 보고 느꼈어요.”

“용케 그런 것까지 다 보네.”

아마네 본인은 얼마 전까지 외모에 무관심하던 사람이니까, 마히루의 기억력과 관찰력이 놀라울 따름이다.

“노력한 성과가 있어서 다행이야. 피부 관리는 조금 애썼단 말이지.”

"어머, 관리 방법을 바꾼 거군요."

"아니, 마히루만큼 진지하지도 않고, 돈도 별로 안 썼지만 말이야. 세안과 보습을 잘 챙기고 있을 뿐이고."

조금 조사해 본 바로는 이렇게 두 가지만 신경 쓰면 피부가 확 달라진다고 한다.

지저분한 건 아니지만 고운 것도 아닌, 지극히 평균적인 피부를 지녔던 아마네는 세안과 은근히 엉성한 보습으로 피부 관리를 퉁쳤는데, 기왕에 자기 계발을 할 거라면 이것도 하자는 심정으로 조사해서 스킨케어 용품을 바꿨다.

몇 종류를 시험해 보고 자기 피부에 맞는 걸 골라서 꼼꼼하게 보습하기만 하는데, 그 방식을 바꾸기만 했는데도 피부 상태가 좋아진 것이다.

원래부터 마히루가 해주는 요리로 식사 자체의 균형도 잘 잡혔으니까, 예전과 비교하면 몰라볼 정도로 좋아졌겠지.

"좋아요. 남자는 여자보다 지질이 많으니까 세안과 보습을 빼먹지 않는 게 중요해요."

"식생활은 마히루가 지켜주니까 무진장 편하단 말이지……. 나는 피부 관리와 양질의 수면만 조심하면 되니까. 역시 이런 걸 당연하게 하는 마히루는 고생이 참 많아. 그야 타고난 부분도 있겠지만, 엄청나게 노력하니까 그 미모를 유지할 수 있는 거라고 통감했어."

"후후. 고마워요. 그 노력을 알아주기만 해도 기쁜걸요."

"마히루를 보면 당연히 알지. 언제나 열심히 자신을 갈고닦잖

아. 그리고 예전에 말해준 것도 다 기억해. 전부 애쓰고, 참 대견한걸."

그때 마히루는 장래를 위해 노력을 게을리하지 않는다고 말했었다.

그리고 미모는 빛바래는 법이라고도 했고, 외모만 의지하고 살 마음은 없다고도 했지만, 그건 외모를 가꾸지 않겠다는 의미가 아니다. 용모만이 아니라 내면과 능력도 갈고닦겠다고 했으며, 그 말을 실천에 옮기고 있다.

그게 얼마나 대단한지를 새삼스럽게 이해할 수 있었다.

"고마워요……. 그걸 기억하면 조금 부끄럽지만요."

"왜? 마히루가 애쓰는 거잖아?"

"아마네 군이 그렇다면 괜찮지만요……."

입을 오물거리며 뭔가 말하기 불편한 눈치인 마히루를 본 아마네는 그렇게 부끄러워할 일이 있었던가……라며 그때 오간 말을 떠올려 보지만, 기억하는 한에서는 딱히 짚이는 구석이 없었다.

뭐에 민감해진 걸까 해서 마히루의 눈치를 살펴도, 본인은 대답할 마음이 없는 듯 눈을 마주치려고 들지 않았다.

그래도 자꾸 시선을 주자 "신경 쓰지 않아도 돼요."라며 타이르는 느낌과 혼내는 느낌이 반반씩 섞인 목소리로 쏘아붙인다.

더 캐물었다간 마히루의 심기만 불편해지겠다고 곧바로 판단한 아마네는 "미안해."라고 슬그머니 사과하고서 이 의문을 머릿속에서 쳐냈다.

“참고로, 물어보는 건데요……. 아마네 군은 어째서 그토록 신경을 쓰게 됐나요?”

“어?”

“아마네 군, 신체 단련에 애쓰면서도 그런 세세한 부분에는 관심이 없었으니까…… 무슨 계기가 있었나 해서요.”

“아니, 그게, 뭐랄까…… 하나를 신경 썼더니 전부 신경 쓰이기 시작해서 말이지. 운동으로 몸을 단련하려고 조사해 봤더니 일상생활이나 피부 상태처럼 신경 쓰이는 항목이 늘어났어.”

아마네는 마히루처럼 외모 관리에 집착할 마음이 별로 없지만, 성격상 할 수 있는 선에서 신경을 써 보자는 마음이 생겼고, 여러모로 마히루의 옆자리에 어울리는 사람이 되도록 자신을 갈고닦는 방법을 조사했다.

비록 그 진위를 판별할 필요는 있어도, 현대 인터넷 사회에서는 원하는 정보를 간단히 구할 수 있다.

남자의 매력을 키우려면 어떻게 하면 좋은지. 자신을 갈고닦으려면 어떻게 하면 좋은지. 그런 방법을 찾아낸 아마네는 정보를 곱씹은 다음에 실천으로 옮기고 있다.

말은 그래도, 어려운 일은 아니다.

신체에서 신경 쓰이는 부분을 중점적으로 단련하거나. 사람의 인상은 안색과 피부의 상태로 정해지기 쉬우니까 피부 관리에 힘을 쏟거나. 안색을 좋게 하려고 잠을 잘 자고, 그러기 위한 방법을 시험해 보거나. 자신에게 맞는 복장을 찾고 이츠키나 유타에게 판단을 요청해서 패션 감각을 갈고닦거나.

현재 그렇게 자잘한 자기 계발 계획을 한창 실천하는 중이다.

마히루처럼 막대한 노력을 쏟아붓는 건 아니므로 별로 자랑할 것도 안 되지만, 일단 노력 자체는 거르지 않으려고 했다.

“이유가 뭐든 좋은 일이라고 봐요. 자기 연마는 끝이 없으니까 본인이 납득할 수 있을 때까지 계속해 주세요.”

“응. 조금 고생해서 되는 일이라면, 해두면 나중에 몇 배로 돌아온단 말이지.”

“그런 노력을 아끼지 않는 자세가 중요하다고 봐요. 장해요. 그렇게 고생하는 아마네 군에게 상을 주겠어요.”

아마네가 마히루의 노력을 아는 것처럼, 마히루도 아마네의 노력을 안다.

저녁 식사 전에 조깅과 근육 단련을 마치고, 나아가 목욕으로 체력을 소모하는 것을 아는 마히루는 유혹하는 것처럼 짓궂게 웃고 팔을 벌렸다.

오늘은 얇은 블라우스 차림이어서 천 너머에서 무언가 출렁거리는 게 보였다.

“저기, 마히루……. 위험한 제안이란 걸 알기는 해?”

“어머, 위험하지 않아요. 잠시 꼭 끌어안을 뿐이에요.”

“그게 위험한 건데요. 아가씨, 알기는 합니까?”

아마네가 마히루에게 한다면 또 모를까, 마히루가 아마네에게 하는 건 큰 문제다.

애인이니까 문제가 없다고도 할 수도 있겠지만, 아마네의 이성을 생각하면 문제가 있다. 한 번은 얼굴을 파묻은 적이 있지만, 그건 정말 좋으면서도 나쁜 감촉이었다.

아마네는 정말로 알기는 하는 거냐고 눈을 흘기는데, 마히루는 천천히 입술에 미소를 띠더니 펼친 팔을 슬쩍 아마네에게 뻗고── 살며시, 머리에 손을 댔다.

"그냥 머리를 만지고 싶은 거야……?"

"들켰나요?"

아마네는 우아하게 소리를 내며 웃는 마히루에게 놀림당한 것을 깨닫고 눈썹을 살짝 찌푸리지만, 마히루는 그런 아마네가 이상하다는 듯이 웃을 뿐이다.

"싫어요?"

"싫지는, 않아……."

"기뻐요?"

"왜 그런 걸 물어봐……?"

"어머, 싫지는 않아도 기쁘지도 않은 것도 있잖아요? 미묘하게 하고 싶진 않아서요."

"기, 기쁘지만…… 기쁘지만 말이야."

아마네의 머리를 만지는 것도, 마히루가 응석을 받아주는 것도, 기쁘다.

기쁘긴 하지만, 속이 너무 복잡해진다. 순순히 욕구에 따라서 마히루의 포옹을 만끽하면 확실하게 패배한 기분이 들겠지.

"그러면 됐잖아요. 어서 오세요?"

"그, 그러니까, 그건 장소에 너무 문제가 있잖아. 얼굴을 파묻어도 되겠어?"

"아마네 군이 참을 수 있다면 얼마든지?"

(다 알면서 하는 소리군.)

아마네가 나쁜 짓을 할 리가 없다고 확신해서 포옹으로 응석을 받아주려는 거다.

너무 악랄하다며 귀여운 악마 같은 애인에게 슬쩍 전율하면서 마히루를 본다.

마히루는 아마네가 안기든 말든 어느 쪽이든 상관없는 거겠지. 안기면 그대로 귀여워할 테고, 버티면 아마네의 머리를 쓰다듬어서 응석을 받아주는 방향으로 전환할 게 뻔하다.

마히루의 손바닥 위에서 놀아나는 것에 조금 분한 기분을 느끼며, 고민하고, 망설이고, 주저하고, 손을 뻗었다.

"그건 반칙 아니에요……?"

"누가 먼저 했는데."

마히루의 어깨에 얼굴을 파묻고 속삭이자 간지러운지 그 몸이 희미하게 떨렸다.

제아무리 아마네라도 이런 상황에서 가슴을 빌릴 수는 없다. 솔직히 말하자면 아마네도 남자니까 부드러운 봉우리에 얼굴을 문대고 감촉을 맛보고 싶었고, 그대로 끌어안겨서 온기를 듬뿍 느끼고 싶었다.

그러나 아마네가 먼저 그랬다간 다음 스킨십의 허들이 낮아져 더 과격한 짓을 저지를 것 같아서, 자신에게 족쇄를 채우고 경고하는 의미로 이렇게 접촉할 수밖에 없었다.

이래도 제법 아슬아슬한 게 아닐까. 그렇게 생각하며 목에 입을 맞추며 뺨을 문지르자 포옹 작전을 포기한 듯 마히루가 두 번째 계획대로 머리를 쓰다듬기 시작한다.

"잘했어요."

"애처럼 취급하는 느낌인데."

"본인도 자주 그러면서요?"

"나, 나는 애 취급한 적이."

"저도 애처럼 대하지 않았는데요?"

애처럼, 애인처럼, 어느 쪽으로도 받아들일 수 있게끔 제안한 건 사실이니까 아마네는 차마 반론하지 못하고 입을 다물 수밖에 없다.

"참 잘했어요."

"말하는 게 완전히 애 취급이야……."

"칭찬하는 게 애 취급이면 곤란한데요."

"목소리를 말하는 거야."

"그렇게 말해도 말이죠."

아이를 귀여워할 때처럼 은은한 자상함이 가득한 목소리로 속삭이면 기분이 이상하니까, 아마네는 마히루의 등을 감싼 손으로 찰싹찰싹 때려서 불만을 호소했다.

다만 마히루는 알 바 아니라는 듯이 아마네의 머리카락을 부드럽게 손으로 쓰다듬고, 손가락 사이로 흘려서, 자꾸 귀여워하는 것처럼 만진다.

"응석을 부리게 하지 마."

"어? 싫어요."

"싫어?"
"노력했으면 칭찬해야 하고, 노력한 만큼 보답받아야 해요."
"그, 그렇다고 해도…… 있잖아."
아까 제안은 조금 아니라고 속으로 지적하면서 고개를 든다.
아마네의 보상 시간이 아니라 마히루의 보상 시간이 된 감이 있다고 할까. 실제로 그랬으니까 마히루는 아마네가 몸을 뗀 것이 무척 아쉬운 눈치로 "아아……." 하고 안타까운 소리를 내고 있다.
완전히 후끈 달아오른 뺨을 식히며, 아마네는 마히루의 얼굴을 가만히 들여다봤다.
"있잖아. 나는 마히루가 평소 노력하는 걸 지금 와서야 시작했을 뿐이야. 항상 이런 노력을 게을리하지 않고, 나보다 훨씬 애쓰고 있으니까. 나를 칭찬할 거라면 마히루도 자신을 칭찬해야지."
아무리 그래도 아까 같은 보상 시간을 제공하긴 어렵지만, 그것과 상관없이 마히루도 꼭 칭찬해야 하고, 응석을 받아줄 필요가 있다고 생각했다.
진심으로 성대하게 칭찬하면 마히루가 밀려서 지금과 같은 짓은 한동안 못 하게 된다는 노림수도 아주 조금은 있지만.
"마히루는 항상 노력하니까 대단해. 나는 말이야, 매일 이렇게 자기 계발을 하면서 새삼스럽게 느낀다고. 마히루는 그걸 당연한 듯이 하지만, 품과 수고가 엄청 들어가고, 추가로 공부도 하고 집안일도 하고 외모 관리도 하잖아? 정말 존경스러워."

지금은 의도해서 마히루를 칭찬하는 거지만, 그 내용과 마음은 전부 거짓 없는 진심이다.

목욕할 때와 잠잘 시간 말고는 마히루와 함께 시간을 보내면서 새삼스럽게 깨달았다. 마히루가 얼마나 많이 노력하는지를.

당연하게, 태연하게 하고 있지만, 그 고생은 어중간한 수준이 아니리라. 아마네가 요리를 제외한 기본적인, 아니 애초에 자기 집이니까 당연한 집안일을 똑바로 하게 된 덕분에 예전보다 부담이 줄어들었을 테지만, 마히루의 집에서 할 일도 있으니까 제법 고생이 많을 것이다.

그런데도 싫은 기색 없이, 자신에게 부여한 연마를 꾸준히 계속하는 마히루의 모습은, 아마네에게는 눈부시고, 존경이 끊이질 않고, 아마네도 거들고 싶어지는 것이다.

“아, 으.”

“나도 마히루를 본받아서 노력하고 싶어지는 거야. 자신감이 생기게, 당당해질 수 있게, 노력하고 싶어. 안 그러면 내가 납득할 수 없다고 할까. 그야 칭찬해 주는 건 기쁘고 고맙지만, 지금처럼 너무 가볍게 하지 마. 더 많이 노력했을 때 한껏 칭찬하고 응석을 받아주면 좋겠어.”

안 그랬다간 아마네의 몸이 남아나질 않는다.

똑바로 바라보고 부탁하자 역시나 칭찬을 너무 들어서 부끄러워진 듯 마히루가 시선을 돌렸다.

“저, 정말이지……. 아마네 군은, 한번 마음먹으면 일직선이라고 할까요…… 금욕적이네요.”

"그래? 제법 헐렁한데 말이야."

"그건 잠시 숨을 돌리는 거예요."

"그런 것치고는 너무 헐렁하지만 말이야."

"어딜 봐서요……."

어디냐고 하면, 전체적으로 그렇겠지.

아마네는 마히루가 말한 것처럼 자신에게 엄격하지 않다. 금욕이란 말은 마히루에게 더 잘 어울린다.

적절하게 숨을 돌리면서 자기가 할 수 있는 만큼 노력한다는 것이 아마네의 기본자세다. 자신을 엄격하게 채찍질하는 정도로는 안 한다.

그렇게 해 봤자 몸과 마음이 망가질 테고, 마히루를 슬프게 할 것도 뻔하기 때문이다.

그런 완급 조절과 보여주기 방식이 좋아서 마히루가 이토록 말하게 된 거겠지.

"나는 말이야. 내가 싫지는 않았지만, 좋아하지도 않았단 말이지. 자랑할 게 없었고, 칠칠하지 못하게 살았으니까."

"처음 봤을 때의 아마네 군이라면 부정할 수 없네요."

"그랬겠지. 나는…… 나를 좋아하게 되고 싶어. 노력할 수 없는 내가 싫은 건 아니지만, 목표가 있어서 노력하는 내가 더 좋잖아?"

결국, 아마네가 자신감이 없었던 이유는 자기 자신을 좋아할 수 없어서다.

대충대충 살고, 귀찮아하고, 변명만 많은, 소심한 자신이.

마히루에게 어울리는 남자가 되려고 노력하기 시작하고, 과거의 굴욕과 후회와 공포를 전부 극복하고 승화해서, 이제야 겨우 아마네는 자기 자신을 좋아하게 될 것 같았다.

"그리고 좋은 남자가 되고 싶으니까."

"여자들한테 인기를 끌고 싶어요?"

"그, 그런 건 아니지만 말이야. 예전에도 말했지만, 역시 자신감이 생기고 싶고, 자신만만한 남자가 좋은 남자로 보이잖아? 마히루의 곁에서 당당하게 있으려면 좋은 남자가 되어야 할 것 같으니까."

"아마네 군……."

"뭐, 아직 멀었지만 말이야."

목표를 너무 높게 설정한 건 아니지만, 옆에서 웃어 주는 마히루에게 어울리는 남자가 되는 건 난이도가 꽤 높다.

다만 포기할 마음은 없다.

마히루를 위해서라도 말하진 않는다. 자기 자신을 위해서, 자신감이 생기도록, 자긍심을 가질 수 있게끔, 아마네는 계속해서 노력할 작정이다.

"그러니까 내가 나한테 납득할 수 없어서, 나를 위해서, 노력할 거야."

"네. 다시, 아마네 군이 되고픈 사람이 되기를 응원할게요."

"응."

예전에도 응원해 줬지만, 그때와는 다르다.

그때 마히루는 아마네가 어째서 노력하는지 그 이유를 잘 몰랐지만, 이번에는 아마네가 어째서 노력하는지 이해하고 응원해 준다.

마히루가 아마네를 있는 그대로 좋아해 주는 건 뼈저리게 잘 안다. 마히루는 아마네에게 '그렇게 너무 애쓰지 않아도 좋아하는 마음은 변하지 않는다.' 라고 말할 수도 있을 것이다.

그런데도 아마네의 의지를 존중하고 지켜보기를 택한 것이 아마네는 가장 기뻤다. 그러니까 더 노력해서 마히루가 다시·반할 정도의 남자가 되자고 생각하는 것이다.

"좋아. 힘내자. 마히루가 더 많이 반했으면 하니까."

"이, 이보다 더 말이에요?!"

"응. 그래야 나도 기쁘고, 마히루도 좋아하는 사람이 훌륭해서 기쁘지. 좋은 점밖에 없는 것 같은데 말이야."

호감이 최고라면 기쁘지만, 아마네가 더 좋은 남자가 됐을 때 훨씬 커질 가능성도 있다. 애초에 마히루를 향한 아마네의 호감은 멈출 기미가 없으므로, 마히루도 그럴 가능성은 있다.

더 좋아해 준다면, 노력을 아낄 이유가 없다.

"이보다 더 좋아하게 되면, 저는 정상적으로 생활할 수 없게 되는데요……."

"호들갑은."

"호들갑이 아니거든요?"

자제심이 강한 마히루가 망가지는 일이 있을 수 있을까? 아마네로선 의심스럽지만, 당사자는 진심으로 그 가능성을 두려워하는 듯하다.

놀리지 말라는 듯한 표정을 본 아마네가 "미안해."라며 부풀어 오른 뺨을 가라앉히듯이 손끝으로 달래자, 그 높이가 입술로 이동해서 작은 산을 만들었다.

"뭐, 그때는 내가 망가뜨린 책임을 지겠습니다."

"언질은 받았어요……."

"응. 꼭 기억해. 후회하게 하진 않을 거니까."

수많은 남자 중에서 아마네를 선택해 주었으니까, 그걸 후회하게 할 수는 없다.

마히루는 눈을 동그랗게 뜨고 딱 잘라 말한 아마네를 본 다음, 입술을 꾹 다물었다.

"아마네 군은 난봉꾼이에요."

"왜 그렇게 되는데?"

갑자기 뚱딴지같은 혐의를 뒤집어써서 눈을 부릅뜬 아마네를, 마히루는 고개를 홱 돌려 외면했다.

## 주위에서 본 두 사람은

"아마네 군, 쇼핑하러 갈래요?"

마히루와 사귀기 시작하고 얼마 지난 휴일.

이제는 일상이 된 마히루의 자택 방문을 "어서 와."라며 흔쾌히 맞이한 아마네에게, 마히루는 인사를 후다닥 마치고 그렇게 제안했다.

거실로 함께 이동하던 중에 그런 말이 튀어나왔으니까 어지간히 가고 싶은 거겠지. 아마네는 그렇게 추측했다.

기본적으로 마히루는 평소 적극적으로 밀어붙이지 않는다. '○○를 가지고 싶다', '○○를 하고 싶다', '○○에 가고 싶다' 같은 희망을 거의 말하지 않고, 말하더라도 '아마네 군만 괜찮다면'이라고 말한 다음에 부탁할 때가 많다.

그런 마히루가 단호하게 요청한 거니까, 아마네와 같이 가야 하는 명확한 목적이 있는 거겠지.

"그래. 오늘은 다른 볼일도 없으니까."

각자 소파에 앉고 나서 아마네가 승낙하자 마히루의 표정이 알아보기 쉽게 밝아지니까, 승낙한 사람으로서 무심코 웃음이 나올 것 같다.

얼굴에 웃음꽃이 활짝 피는 걸 보면 '그렇게 기쁜가?' 하고 덩달아 기분이 좋아졌다.

"사고 싶은 거라도 있어?"

"네. 저기, 이것저것요."

"알았어. 짐꾼은 내게 맡겨."

아마도 아마네와 하는 외출이 기쁜 거겠지만, 이것저것 사고 싶다면 쇼핑백을 들 짐꾼도 필요하지 않을까 싶었다.

아마네는 요새 근육도 제법 생겨서 다소 무거운 거라면 여유롭다고 기백을 담아서 마히루를 보는데, 마히루의 눈빛이 갑자기 어이없다는 듯이 축 가라앉는 게 느껴진다.

"대체 왜 그렇게 말하는 건가요……. 아마네 군과, 쇼핑하고 싶은 거예요. '아마네 군과' 부분이 중요해요. 알았죠?"

아마네는 반쯤 농담으로 한 말인데, 마히루는 그걸 오해한 듯 웃는 얼굴로 신신당부했다.

그 압박감은 질겁할 수준이어서, 아마네가 순순히 "그, 그래. 그랬어……? 응, 알았어."라고 고개를 저절로 끄덕이게끔 했다.

"아마네 군도 참. 함께 고르고 싶은 게 있으니까 둘이서 가고 싶은 건데요? 아마네 군을 짐꾼으로 이용하고 싶다고 생각한 게 아니에요. 알았죠?"

"미안해. 여자 마음도 몰라준 내가 잘못했습니다."

"잘했어요."

마히루는 아마네를 혼내거나 토라졌을 때 '찰싹찰싹' 하고 공격력이 부족한 스킨십을 아마네의 몸에 시도한다. 그렇게 사귄 뒤로 늘어난 행위를 재인식하고, 아마네는 마히루 몰래 웃는다.

한동안 발산하게 두었더니 마히루도 차분해진 듯, '찰싹찰싹' 이 '조물조물' 로 바뀌는 때를 가늠해서, 아마네는 귀엽게 주장하고 있던 마히루를 정면에서 바라본다.

"뭘 사러 갈 거야?"

막상 뭘 사러 갈지를 물어보자 마히루는 어째서인지 입술을 꾹 다물었다.

"마히루?"

쇼핑하러 가자고 강한 의지를 드러냈으면서 뭘 살지를 물어본 순간 입을 다무는 마히루.

분위기 차이가 너무 커서 머뭇거릴 수밖에 없는 아마네에게, 마히루가 힐끔 시선을 돌렸다.

"저기…… 질색하거나 화내지 않을 거죠?"

정말이지 대체 뭘 사려는 걸까.

"내가 화내는 일은 거의 없는 걸 알 텐데 말이야."

"그러면 질색하지 않을 거죠?"

"질색하는 일도 별로 없으니까 말이지. 아무튼 이야기를 안 들으면 아무것도 할 수 없는데."

마히루는 매우 상식적이고 양식적인 사람이니까 아마네가 불쾌하게 여길 물건을 살 리가 없다.

애초에 아마네와 함께 사러 가고 싶다면 이상한 게 아니겠지.

그런데도 말하는 걸 망설인다는 점에서, 뭔가 말하기 껄끄러운 구석이 있는 것이리라.

이상한 게 아니면서 아마네에게 당당히 말하기 껄끄러운 것. 도무지 알 수 없다.

마히루는 괜찮지만, 아마네가 질겁하거나 화내는 것. 그렇게 생각하면 아마네가 봐서 그렇게 반응하는 물건이란 뜻이고, 그렇게 이것저것 생각해서 결론을 내리자면 속옷일 가능성이 있지 않을까.

다만 그렇다면 마히루가 부끄러워하지도 않고 같이 가자고 할 리가 없다.

마히루는 그런 걸 남에게 보여주려고 하지 않고, 애초에 아마네와 마히루는 육체적 관계를 맺은 것도 아니다. 그런 상태에서 당당히 같이 고른다는 건 마히루의 성격상 생각하기 어렵다.

그렇다면 대체 뭘 사고 싶은 걸지, 아마네는 도무지 짐작할 수 없었다.

"아, 아뇨. 그게, 말이죠. 제가 아마네 군 집에서 지내는 시간이 늘었잖아요……?"

그런 아마네의 당혹함을 해결하려는 것처럼 마히루에게서 작은 목소리가 흘러나온다.

"늘었다고 할까, 목욕하고 잠자는 시간 말고는 우리 집에서 지내지."

"사귀기, 시작했잖아요?"

"응."

"그러니까, 저기, 조금만 더, 제 물건을, 늘려도 될까요?"
"어? 응."
즉, 아마네의 집에 자기가 쓸 물건을 더 두고 싶다. 아마네의 집이니까 디자인에도 신경을 쓰고 싶다—— 그런 뜻이리라.
너무 귀엽고 기특한 부탁에 아마네는 한순간 떠오른 자신의 망측한 상상을 한탄하고 싶어졌다.
그건 겉으로 드러내지 않고 마히루의 작고 소심한 부탁을 흔쾌히, 주저하지 않고 받아들이자 먼저 제안한 마히루가 눈이 휘둥그레졌다.
"선뜻 받아들이네요……."
"그야 마히루는 우리 집에 있을 때가 많으니까. 보내는 시간이 늘어난 만큼 물건도 늘어나는 게 당연하잖아."
애초에 지금도 마히루의 물건이 은근슬쩍 있다. 헤어케어 용품, 몇 가지 참고서와 필기도구, 요리책 등, 마히루에게 필요한 최소한의 물건을 두었다.
딱히 불편하다고 여긴 적은 없고, 다행히 아마네의 집은 혼자 지내는 집치고는 너무 넓다. 안전성과 편의성, 입지를 추구한 부모님이 선택한 곳이어서 아마네에게는 과분할 지경이다. 그렇지만 마히루와 함께 지내게 된 뒤로는 이 넓이가 정말 고마웠다.
마히루의 물건이 늘어나는 건 얼마든지 환영하겠다며 용기를 주듯 머리를 토닥이자 마히루는 머뭇거리는 기색으로 아마네의 눈치를 본다.

"왜?"

"저기, 세트로 사도, 될까요?"

"세트?"

대체 뭘 세트로 산다는 걸까. 아마네의 의문을 느낀 듯한 마히루가 수줍어하는 기색으로 말을 잇는다.

"지금, 그릇 같은 걸 보면, 우리 집 그릇하고 아마네 군 집의 그릇이, 섞였잖아요."

"그렇지."

아마네는 정말 최소한으로 필요한 그릇만 준비했었다. 혼자 사니까, 요리도 잘할 자신이 없으니까 많이 필요하지 않았다.

고향에서 가져온 값싼 그릇을 그대로 사용한 느낌으로, 그것도 가끔 망가졌다. 정확하게는 아마네가 실수로 깨먹은 거지만, 파손하는 바람에 더 줄어들었다.

마히루가 찾아오게 된 뒤로는 마히루가 가져온 것을 섞어서 쓰고 있는데, 되도록 색감이 비슷한 걸 쓰고는 있어도 식탁에 늘어놨을 때 통일감이 없는 건 사실이다.

"저기, 같은 걸, 쓰고 싶어서요."

"응……."

"그, 그래도 말이죠. 그릇이 부족한 건 아니니까, 짐만 된다면 안 사도……."

"괜찮아. 사자. 집에서 쓰는 그릇은 가장 싼 거고, 늘어나도 공간은 넉넉하니까."

같은 그릇을 쓰고 싶다는 마히루의 마음을, 아마네가 거부할 수는 없다.

"애초에 그런 건 마히루가 더 잘 알면서. 주방에도 더 오래 있고, 내가 실수로 깨먹은 것도 봤잖아. 더 늘리고 싶어."

확실하게, 집주인보다 마히루가 주방 사정을 더 잘 파악하고 있으니까 그릇이 얼마나 있는지, 공간이 얼마나 남는지도 잘 이해하리라.

마히루가 새 그릇을 사는 걸 주저하는 건 그걸 자기 뜻대로 추진해도 되는지, 사는 자금이 어디서 나오는지가 이유일 것 같았다.

처음 이유는 아마네가 얼마든지 환영한다. 다음 이유에 관해서는, 사실 아마네는 여기로 이사를 올 때 받은 자금에서 3분의 1 정도가 계좌에 남아 있었다.

원래부터 물욕이 없는 데다가 어지간한 물건은 고향 집에서 가져온 것과 부모님이 마련해 준 것으로 충분했기에, 새로 산 물건은 별로 없다.

게다가 아마네는 평소 마히루 덕분에 식비를 대폭 아끼고 있고, 필요한 물건을 필요한 양만 딱 사는 성격이라서 사실 별로 낭비하지도 않았다.

따라서 계좌에 그냥 돈이 남는 상태이므로, 그릇을 조금 사는 정도로는 생활이 곤란해질 일이 없다.

돈이 더 들 텐데도 혼자 따로 사는 것을 허락해 준 데다가 아마네의 생활을 보장해 주는 부모님에게는 정말로 이루 다 감사할 수 없는 지경이었다.

굳이 말할 작정은 없지만, 말해도 부모님은 마히루와 같이 그릇을 사고 싶다는 부탁에 꾸중할 일이 없을 것이다. 오히려 '새로운 생활의 준비는 중요하다' 며 돈을 더 부칠 것 같다.

"강제할 마음은 없어요……."

"디자인이 같은 그릇을 쓰면 같이 식사하는 느낌이 들어서 좋을 것 같은데?"

"네……."

먼저 말을 꺼낸 사람이 주저하니까 괜찮다며 안심시키듯 끌어안아 등을 어루만지는 아마네에게, 마히루는 얌전히 몸을 맡기고 기쁜 듯이 작게 끄덕였다.

쇠뿔도 단김에 빼라는 것처럼 곧장 쇼핑몰을 찾아간 아마네는 '안에 좋아하는 그릇 가게가 있다' 고 하는 마히루의 말을 듣고 순순히 따라가기로 했다.

이렇게 사람들로 북적댈 것 같은 상업 시설에는 잘 가지 않는 아마네는 다 파악한 분위기를 내면서 손을 잡고 척척 나아가는 마히루가 믿음직했다. 그 걸음걸이가 평소보다도 빠르고 흥겨운 것을 지적하지 않고, 아마네는 웃으며 마히루의 안내를 즐긴다.

잠시 후 도착한 가게는 북유럽 식기를 중심으로 전시한 곳인 듯하다.

얼핏 봐도 깔끔한 분위기가 나는 가게인데, 세련된 음악이 귓가를 간질인다.

진열된 식기는 간소하면서도 세련되고 근사한 것으로, 마히루가 좋아할 것 같다는 감상이 저절로 떠오를 정도로 디자인에 품격이 있었다.

"여기는 가격이 비싸지 않은데도 디자인과 내구성이 좋아요. 우리 집에서도 쓰고 있어요."

"그래서 망설이지 않고 찾은 거구나. 추천하는 걸 공유하고 싶었던 거고."

"아, 안 될까요? 그게, 아마네 군의 취향이 아니라면 다른 점포도 있어요."

"바보야. 왜 뭐라고 하지도 않았는데 타박한 것처럼 느끼는 거야. 단순히 마히루가 좋아하는 걸 가르쳐 줘서 기쁜 거야."

식기류에 관해서는 명확하게 이렇다 할 취향이 없는 아마네로선 이렇게 마히루가 좋아하는 걸 집어서 이게 좋다고 말해주는 게 고맙다.

같은 걸 쓸 거라면 당연히 서로가 납득하는 물건이 좋다.

양보할 수 있는 부분은 양보하는 게 원만한 관계의 비결이라고 부모님께 들은 적이 있어서, 별다른 취향이 없는 사람이 있는 사람을 우선하는 건 당연하다고 느꼈다.

"마히루가 좋아하는 걸 쓰는 게 서로 기쁘잖아. 마히루도 내가 좋아해서 기뻐하는 걸 보면 기쁘지 않아?"

"물론 기뻐요."

"그렇다면 다행이고."

이런 감성이 다르면 나중에 관계가 꼬일 것도 예상할 수 있다.

마히루가 아마네와 마찬가지로 좋아하는 사람의 기쁨을 기쁘게 여기는 사람이라는 사실에 감사했다.

서로 기뻐한다면 느끼는 기쁨도 2배. 그렇게 당당히 선언하고 실행하는 부모님의 위대함을 느끼며, 아마네는 아까보다도 기쁜 눈치인 마히루의 손을 잡고 가게 안으로 들어간다.

선반에 다소곳하게 진열된 식기들은 하나같이 우아하다.

흔히 있는 은은한 색조로 꽃을 현실감 있게 그린 그릇은 쓸 마음이 안 생기지만, 여기에 진열된 그릇은 굳이 말하자면 패턴 양식으로 디자인한 꽃을 그렸다.

산뜻한 선과 색조로 표현한 그릇은 아마네도 쓰는 데 거부감이 들지 않는다.

"자주 쓰는 크기로 좁혀서 사고 싶어요. 저는 무심코 디자인이 좋으면 집어 보는데, 형태나 크기가 쓰기 불편한 그릇을 사도 안 쓰고 보관만 하게 되니까요……."

종류가 참 많은 식기를 꼼꼼하게 확인하고 있는 마히루가 나지막이 중얼거렸다.

"그 마음은 이해해."

옷도 비슷한 구석이 있다.

디자인만 보고 이게 좋다며 샀다가 결국 철에 맞지 않거나 집에 있는 옷과 조합이 별로여서 서랍장의 공간을 차지하는 일이 종종 있었다.

(뭐, 주로 밖에 별로 안 나가는 탓이지만.)

애초에 보여줄 사람도 없고 꾸미는 성격도 아닌지라 취향에 맞는다는 이유로 산 다음에 돈만 낭비했음을 깨달았을 때의 허무함을 여러 번 경험했다.

이번에 살 그릇도, 그것과 마찬가지다.

아무리 디자인이 취향에 맞아도 평소 쓸 수 없어서는 의미가 없다. 음식을 담기 불편한 크기와 형태라면 사고 나서도 선반 깊숙한 곳에서 언제 빛을 볼지 모를 잠에 빠질 것이 분명하다.

"둘이서 하나씩 쓸 거니까, 주방 테이블의 크기도 같이 고려해야 해요."

"우리 집은 별로 크지 않으니까."

또 하나의 문제로, 애초에 그릇을 둘 곳의 넓이가 있다.

솔직히 아마네의 집 주방 테이블은 한두 사람이 쓸 용도다. 어차피 누군가를 집에 부를 일도 없으니까 아마네 혼자 써도 불편하지 않게 아담한 테이블을 샀는데, 지금에 와서는 그게 문제가 되었다.

"조금만 더 크면 쓰기 편할 텐데. 지금은 그렇게 생각하지만, 정할 당시에는 혼자였단 말이지."

"그건 나중에 더 큰 것으로 바꾸는 걸 고려하면 되지 않을까요? 지금은 어떻게든 되니까요."

"그래야지."

만약 앞으로 곤란해지면 바꾸는 걸 검토하자. 그렇게 생각을 머릿속 한쪽으로 치워두고, 마히루의 이동에 맞춰 아마네도 매장을 이동한다.

본인의 취향에 맞는 가게라서 그런지 마히루가 자주 멈춰서 물건을 꼼꼼히 확인하니까 좀처럼 정해지지 않고 있었다.

"음. 다 좋아서 고민되네요."

"즐거워 보여서 다행이야."

"같이 외출하는 시점에서 무척 즐겁지만요. 즐거워서 무심코 필요하지 않은 것까지 집을 것 같아요."

"평소에 잘 참으니까 가끔은 괜찮지 않아?"

"안 돼요. 처음 목적을 잊을 것 같으니까 아마네 군이 잘 말려 주세요."

"나만 믿어."

아마도 마히루의 자제심 덕분에 그럴 일은 생기지 않겠지만, 고개는 끄덕여 준다.

그 대답을 듣고 기분이 더 좋아진 듯한 마히루가 들뜬 기색으로 이것도 아니고, 저것도 아니고 하며 그릇을 비교하고 고민하기 시작하는데, 남자친구로서는 그 모습이 참 귀여운 나머지 무심코 웃으며 구경하고 만다.

이럴 때 자기 의견을 말하지 않는 건 어쩌면 바람직하지 않을 수도 있지만, 즐거워하는 마히루에게 찬물을 끼얹을 마음은 없었다.

즐거운 기색으로 "우리 집에는 이게 좋을지도?"라며 누가 들으랄 것도 없이 중얼거리고, 아마네가 팔에 건 장바구니에 작은 꽃과 담쟁이덩굴 무늬가 그려진 소박한 접시를 두는 마히루는 정말이지 만족스러워 보인다.

"마히루는 자기 집에서도 식기를 엄격하게 따져?"

"그래요. 아끼는 물건을 엄선하고 있어요. 단순히 예쁜 그릇이나 마음에 든 그릇으로 식사하면 기분이 좋으니까요."

"뭐, 이해해. 왠지 보고 있으면 들뜨고 맛있게 느껴지지?"

기본적으로 관심이 없는 아마네라도, 겉으로 봐서 화려한 쪽이 더 맛있게 느껴지고, 식욕이 생기는 건 실제로 경험해 봤다.

"사실 밥만 먹는 거라면 설거짓거리를 줄이기 위해서라도 프라이팬이나 냄비를 식탁에 그냥 두고 앞접시로 일회용 종이 그릇을 쓰면 되지만요. 그래서는 뭔가 허전하거든요."

"편하긴 하겠지만, 즐거운 식탁은 아닐 것 같아."

"맛이 제일 중요하지만, 눈에 보이는 것도 중요하니까요. 사람과 똑같아요. 첫인상으로 시작하니까요."

"마히루가 그렇게 말하는 건 뜻밖인걸."

외모로 평가받기 일쑤인 마히루는 그런 식으로 잘 말하지 않을 줄 알았는데, 쓴웃음과 함께 고개를 흔들었다.

"요리와 똑같아요. 엉망으로 담으면 구미가 안 당기잖아요? 맛은 안 먹으면 모르잖아요."

"뭐, 그야 그렇겠지만."

"사람도 똑같아요. 첫인상이 좋은 사람일수록 친해지고 싶어지고, 내면이 어떤지 알리기 쉬우니까요. 물론 이 경우의 외모란 예쁘거나 귀엽다는 게 아니라 청결함의 문제에요. 최소한으로 꾸미지도 않은 사람과는 별로 친해지고 싶지 않잖아요."

"윽."

"왜 지금 대미지를 받는 건가요?"

"아니, 얼마 전까지는 무관심했던 사람이니까."

아마네는 마히루와 함께 걸을 수 있게 노력하기 시작할 때까지는 외모에 무관심했다.

위생적으로 나쁘지만 않으면 괜찮다는 정도로, 옷을 대충 다리고 앞머리도 기르는 바람에 결과적으로 음침한 분위기가 났다. 위생적으로 나쁜 건 아니지만, 시원시원한 느낌은 조금도 없었다며 지금은 반성하고 있다.

"아마네 군은 불결한 느낌이 아니었어요. 어둡다고 여기긴 했고, 집은 지저분했지만요."

"윽, 그때는 정말 신세를 많이 졌습니다."

"후후. 지금은 혼자서도 잘하니까 참 기특한걸요?"

"전부 의지할 수는 없잖아."

"향상심이 있어서 참 좋아요."

참 대견하다며 발돋움해서 머리를 쓰다듬으려고 하는 마히루를 제지하자 그 얼굴에 불만이 한가득 드러나지만, 아마네가 "여긴 밖이야."라고 짤막하게 말하자 순식간에 불만이 빠지고 그 대신에 부끄러움이 뺨을 물들였다.

아마네도 밖에서 머리를 쓰다듬는 건 참길 바라니까 아슬아슬하게 막은 것에 안도하면서, 조금은 아쉽게 여겼다.

"아, 아무튼."

밖에서 실수할 뻔한 것이 부끄러웠는지, 마히루는 조금 떨리는 투로 말을 잇는다.

"역시 좋은 그릇일수록 식탁이 풍성하게 느껴지고, 우아하고 기분이 좋아지니까 가지고 싶어져요. 하지만 아마네 군의 취향도 있으니까요."

"나는 별로 가리지 않는다고 할까. 응. 아까도 말했지만, 마히루의 취향에 맞는 디자인이 좋아. 나는 마히루의 센스를 믿고, 마히루가 좋아하는 걸 나도 좋아하고 싶으니까."

"그렇게 갑자기 말로 유혹하지 마세요."

"그런 적 없는데."

"아이참."

어디서 그런 소리가 나오냐는 식의 눈빛이 꽂히지만, 아마네로선 그럴 마음이 하나도 없으니까 트집이 잡힌 느낌이다.

바들바들 떨며 분노에 못 미친 느낌으로 귀엽게 토라진 마히루는 "이러니까 아마네 군은."이라며 평소 자주 하는 말을 흘리고, 미리 정한 듯한 접시 두 개를 장바구니에 넣고 늘어놨다.

"이거랑 이거 중에서 뭐가 더 좋아요?"

그렇게 보여준 것은 하얀 바탕에 파랑과 노랑으로 구성된 기하학적 문양이 그려진 접시와 예쁜 민트색 바탕에 흰색으로 풀과 나무를 그린 접시다.

양쪽 모두 화사하지는 않지만, 실내 장식으로 써도 될 만큼 아름답다.

아마네는 옷이라면 또 몰라도 장식류는 밝고 연한 색보다 뚜렷한 색을 더 좋아하므로, 솔직하게 하얀 바탕에 파랑과 노랑 문양이 들어간 걸 가리킨다.

"나는 이게 더 좋은데, 마히루는?"

"그러면 이쪽으로 맞춰도 될까요?"

아마네의 의견을 순순히 받아들인 마히루가 나머지 그릇을 원래 자리에 돌려놓고 아마네가 고른 것을 장바구니에 두 개 넣는다. 그러니까 아마네로선 마히루가 즐겁게 기대하던 선택을 자신에게 맡겨도 되는지 불안할 정도였다.

"나야 괜찮지만, 내 눈치를 보는 건 아니지? 마히루가 좋아하는 걸 골라도 되는데?"

"왜 그래야 하는데요……. 처음에 말했지만, 저는 아마네 군과 함께 정하고 싶어요. 둘 다 똑같이 마음에 드니까, 그렇다면 아마네 군의 취향도 반영하는 게 쓸 때 더 즐겁잖아요? 저도 아마네 군이 좋아하는 걸 좋아하고 싶어요."

아까 한 말을 고스란히 돌려받은 아마네는 마히루가 말한 '이러니까 아마네 군은.'의 의미를 실감하고, 가슴속에서 올라오는 부끄러움과 그보다 더한 기쁨을 곱씹는다.

"그렇지……."

조용히 대꾸하고 고개를 끄덕이자 마히루는 아마네에게 복수해서 만족했는지 싱긋 웃고, 아마네의 팔에 몸을 기댄다.

"자, 얼추 다 둘러봤으니까, 함께 골라요. 알았죠……?"

"응."

이것도 함께 지내는 기쁨이겠지. 그렇게 가슴속 깊이 스며드는 환희에 몸을 적시며, 아마네는 부드럽게 웃으며 손을 잡아당기는 마히루에게 똑같이 미소를 지어 주었다.

둘이서 세트로 쓸 그릇과 수프 컵을 고른 다음, 마히루는 식기와는 관계가 없는 코너에서 발걸음을 멈췄다.

이곳은 얼핏 봐서는 그릇 가게 같은데, 전반적인 주방용품을 다 두는지 조리도구도 놓여 있었다.

마히루가 저절로 끌려가듯이 간 진열장에는 디자인이 화사한 도시락통과 물통이 늘어서 있다.

"이 코너도 봐도 될까요?"

"나야 괜찮지만, 마히루는 자기 게 여러 개 있지? 망가졌어?"

"아마네 군 건데요?"

"나?"

갑자기 자기 이야기가 나와서 눈을 껌뻑이는 아마네에게, 마히루는 "모르겠다는 눈치군요."라고 말을 잇는다.

"그야 저랑 아마네 군은 식사량이 다르니까요. 아마네 군은 남자치고는 소식하는 편이겠지만, 저보다는 잘 먹잖아요. 제 도시락통으론 조금 부족하지 않을까 해서요. 보존 용기는 조금 밋밋하다고 할까요."

"아, 아하."

사귀고 난 뒤로는 당당하게 마히루와 점심을 먹게 되었고, 마히루가 도시락을 싸 주는 일도 종종 있다.

그럴 때는 마히루의 집에 있는 도시락통을 사용하고 있다. 마히루와 함께 점심을 먹으면 층이 많은 찬합에 담고, 아마네가 친구들과 먹을 때는 2단 통에 두 사람의 반찬을 넣고 주먹밥을 따로 싸서 준비했다.

아마네는 딱히 도시락통에 연연할 마음은 없는데, 마히루가 '보존 용기를 주는 건 제 미학이 용납하지 않아요.' 라고 주장해서 본인이 편한 대로 하게 했다.

"번거롭게 해서 죄송합니다."

"매일 싸는 건 아니고요. 싸더라도 대부분 미리 만들어 놓은 반찬이나 전날 저녁에 먹다 남은 거니까 번거로운 정도는 아니에요. 애초에 아마네 군, 아침에 일어나서도 도시락 싸는 걸 거들어 주잖아요. 아마네 군이 맛있다고 해주면 기쁘니까 힘들지 않아요."

"언제나 고맙습니다. 매일 맛있습니다."

정기적으로 여자친구가 싸 주는 도시락을 먹는다는, 남자 고등학생이라면 누구나 부러워할 생활을 보내고 있다는 자각이 있는 아마네는 천사님을 넘어서 여신님 같은 자비심을 보여주는 마히루에게 속으로 머리를 조아리고 기도했다.

"후후. 저야말로 맛있게 먹어 줘서 고마워요."

마히루는 한없이 자상하지만, 역시 부담이 클 테니까 절대로 매일 해 달라고는 말할 수 없다.

그 말처럼 미리 만들거나 저녁 찬거리를 많이 해서 다음 날에 쓴 것이 반찬이긴 하다. 하지만 도시락에 십중팔구 들어가는, 아니 넣어 주는 달걀말이는 아침부터 빠짐없이 만들어 주고, 사전에 간을 보고 재운 것을 가열하는 반찬은 반드시 아침에 굽는다. 원래라면 마히루가 그 시간대에 쉴 수 있을지도 모르는데.

진짜로 아무리 감사해도 끝이 없다.

오히려 아마네가 마히루를 위해서 도시락을 싸야 할 정도다. 아마네가 거든다고는 해도 저녁 식사는 마히루가 대부분 담당하니까, 점심을 준비해야 한다.

"다음엔 내가 해도 될까?"

"아마네 군이, 말인가요?"

시험 삼아 제안해 보니까 오늘 하루 제일로 놀란 표정을 짓는 마히루.

"아, 혹시 요리 실력 때문에 걱정하는 거야? 일단은 할 수 있는데?"

마히루도 아마네가 나름대로 요리 기술을 익힌 걸 알 테지만, 과거의 아마네를 아니까 걱정하는 걸지도 모른다.

이래 보여도 제법 실력이 늘었고 마히루에게 식사를 차려 줬을 때의 느낌도 나쁘지 않았다. 그러니까 도시락 정도는 어떻게든 되겠지 하는 안이한 생각으로 제안해 본 것이긴 한데, 어느 정도는 될 거라는 확신이 있어서 말한 것이다.

"아뇨. 요즘의 아마네 군을 보고 실력이 부족하다고 할 사람은 없을 건데요. 솜씨가 많이 좋아졌고, 맛도 좋으니까요."

"그렇게 말해주면 고마운걸."

"그, 그런데 갑자기 무슨 바람이 분 거죠?"

"아니, 왜 있잖아. 마히루만 시키는 건 내가 생각해도 별로 좋지 않으니까 말이야. 게다가 나도 마히루에게 해주고 싶어서."

기본적으로는 마히루에게 주는 부담이 크니까 아마네가 그 부담을 덜어서 자기가 짊어질 수 있다면 그렇게 해주고 싶다.

내가 기쁘다고 해서 상대도 기뻐한다는 보장은 없지만, 만약 마히루가 기뻐해 준다면 아마네도 기꺼이 마히루에게 도시락 정도는 만들어 줄 것이다. 자신이 기뻐하는 일을 상대에게 보답해서 기쁨의 연쇄를 만들 수 있다면 적극적으로 시험해 보고 싶은 참이었다.

"안 돼?"

"기, 기쁘지만…… 저기, 괜찮아요?"

"뭐가?"

"남들이 볼 건데요? 제가 먹으면……."

즉, 주위 학생들이 눈으로 보고 평가할 것을 생각해야 한다는 뜻이겠지.

"음. 뭐, 그건 어쩔 수 없어. 맛없어 보인다는 소리를 들으면 내 실수라고 말해도 돼."

"그런 말을 들은 시점에서 그 사람과 멀어지는 걸 고려할 거예요. 최악의 경우에는 관계를 끊겠어요."

"너무 과격한 게 아니신지?"

아마네로선 맛없게 보이는 요리를 만들 마음이 없지만, 남들 기준으로 혹평받아도 마히루만 만족한다면 딱히 상관없다고 생각한다. 그런데 마히루로선 남자친구가 모욕당했다고 느끼는 듯하다.

"그야 남자친구가 애써 만들어 준 걸 알면서도 본인이 보는 데서 당당히 깎아내리는 사람과 친해져도, 또 뭔가 이유를 대서 말할 테죠. 뭐, 그런 사람과 친해진 기억은 없지만요."

"나도 남 말할 처지는 아니지만, 관계를 너무 엄선했는걸."

"이렇게 말하면 나쁜 의미로 들리겠지만, 사람은 가려서 사귀어야 한다고 보니까요. 자신과 소중한 사람에게 피해를 주는 사람은 가까이하기 싫어요."

"지당하신 말씀이네."

이 경우, 가린다는 건 자신에게 해로운지 아닌지를 말하는 것이리라.

사람은 많든 적든 주위 사람에게 영향을 받는다.

즉, 자신을 형성하는 건 주위의 환경이란 뜻이며, 그 환경에 문제가 있다면 자신도 영향을 받아 좋지 않은 길로 나아갈 가능성이 커지는 셈이다.

"그 이전에…… 아마네 군은 딱히 맛없어 보이는 요리는 이제 만들지 않으니까 그런 소리를 안 들을 건데요."

"글쎄. 노력은 하고 있지만 말이야."

"저는 아마네 군이 요리를 잘하게 된 걸 가장 잘 아니까요. 당신의 옆에서 봤거든요."

아마네가 잘 만들 수 있음을 추호도 의심하지 않는 마히루에게, 아마네는 그 두터운 신뢰에 몸이 확 뜨거워지는 걸 느끼며 활짝 웃었다.

"그렇다면 그 노력의 성과를 유감없이 발휘해 주겠어."

"기대할 건데요?"

"기대는 적당히 해줬으면 좋겠어."

짓궂게 웃어서 은근슬쩍 압박하는 마히루의 손을 살짝 다시

쥐고, 아마네는 "기대에 부응하도록 노력해야지."라고 중얼거렸다.

"더 사야 할 게 있을까요?"

그릇과 새 도시락통을 장바구니에 넣고 처음에 목표로 정했던 것도 다 모인 것을 확인한 마히루는 뭔가 빠뜨린 게 없는지 짚어보는 듯했다.

"컵은 아마네 군과 세트로 하기 전에 샀으니까요."

"음, 있다면 수저류?"

"아, 그러네요. 기왕이면 똑같은 게 좋아요."

식기를 세트로 맞춘다면 수저도 똑같은 디자인으로 맞추는 게 기분이 더 좋지 않을까 하는 아마네의 제안에 마히루는 고개를 끄덕인다.

"그렇다고 해도 집에 있는 스푼과 포크는 디자인이 심플하니까 똑같은 걸 쓰는 셈이지만요. 맞춘다면 젓가락이네요. 그건 이 가게에 없지만요."

주로 북유럽 식기를 두는 가게라서 귀여운 디자인의 젓가락은 덤처럼 있긴 하지만, 일식에 어울리는 디자인이거나 그런 소재를 쓴 젓가락은 눈에 띄지 않았다.

"다른 가게를 찾아봐야겠어요."

"그래야겠네. 그야 젓가락은 부족하지 않지만, 지금은 종류가 달라서 꺼낼 때마다 귀찮단 말이지."

"미리 구분해 두지 않으면 급할 때 실수하기 쉬우니까요."

귀찮아서 현재 100엔숍에서 맞춘 디자인이 같고 색깔만 다르게 찍힌 젓가락과 반대로 색이 없고 일직선인 나무젓가락처럼 통일감이 없는 젓가락을 사용하고 있다.

필요하지 않은 건 버리면 될 일이지만, 귀찮다는 이유로 계속해서 쓴 결과 꺼낼 때 귀찮고, 애초에 싸구려 젓가락은 칠이 벗겨지기 시작해서, 수납 장소의 풍경은 어수선했다.

기왕이면 질이 좋은 걸 오래 쓰자는 마히루의 신조에 따라서 좋은 걸 골라서 쓰고 싶은데, 그러려면 전문점에 가는 것이 무난하다는 것을 아마네도 잘 안다.

"젓가락을 고를 거면 이 쇼핑몰에 다른 가게가 있으니까 그쪽으로 가요. 아마도, 저기, 세트로도 구할 수 있을 거니까요."

"그래야겠네. 아, 하지만 마히루의 손은 작으니까 나랑 똑같은 걸 쓰면 불편할걸. 살 거라면 크기는 다르게 하자."

잡은 손을 꾹꾹 쥐면 알아보기 쉽게 "으으." 하고 불만이 어린 목소리가 들려온다.

물론 디자인은 똑같이 하고 싶지만, 크기도 같으면 누군가는 쓰기 불편해질 테니까 이것까지 똑같이 할 필요는 없으리라.

"마히루의 손은 작고 귀여우니까 말이지."

"놀리는 건가요?"

"아니야. 봐봐. 감쌀 수 있어서 나는 좋아."

잡은 손을 잠시 놓고서 마히루의 손을 위에서 감싸듯 살짝 쥐자 마히루의 작은 손이 아무런 저항도 없이 아마네의 손바닥 안에 들어간다.

쏙 들어간 손과 아마네의 얼굴을 번갈아 보는 마히루에게 "봐 봐. 딱 좋지?" 라며 속삭이듯 웃는 아마네는 마히루의 미간에 생긴 작은 주름이 풀어진 걸 확인했다.

"이번에는 속아 줄게요."

"속아 줘서 고마워. 자, 계산하러 가자."

작다는 말은 별로 좋아하지 않아도 귀엽다고 칭찬하면 순순히 받아들여 주는 마히루에게 슬쩍 웃고는 계산대가 어디 있는지 주위를 둘러본다.

조금 안쪽에 계산기가 놓인 카운터가 있어서 그쪽으로 가려고 했을 때, 문득 근처에서 커플로 보이는 남녀가 친근하게 대화하는 것이 귀에 들어왔다.

"이게 좋지 않을까?"

"으엑, 촌스러워."

"야."

"농담이래도. 오늘부터 같이 살 거니까 잘 골라야지. 모처럼 사는 거니까."

보아하니 동거를 시작한 듯한 그들은 몸을 맞대고서 식기를 집고, 웃으면서 고르고 있었다.

서로 열량이 대단해서, 보는 자신들까지 화끈해질 정도의 대화를 전개하며 차례차례 식기를 장바구니에 넣고 즐겁게 웃고 있다.

그 모습을 보고, 아마네는 우뚝 멈췄다.

© Hanekoto

'어라?' 하고.

'어쩌면 자신들도 주위에서 이렇게 보이지 않았을까?' 하고.

그렇게 깨달은 순간 마치 불이 붙은 듯 얼굴에 열기가 쏠려서, 불에 덴 것처럼 따끔거린다.

당사자인 커플은 아마네와 마히루가 눈에도 안 들어오는 듯이 후다닥 다른 코너로 이동했다.

"아마네 군?"

갑자기 걸음을 멈춘 아마네를 걱정하는 눈치로 쳐다보는 마히루를 똑바로 볼 수 없다.

"있잖아. 생각한 걸 말해도 될까……?"

"네?"

"이거…… 동거 커플이 물건을 사러 나온 느낌 아닐까?"

혼자 끌어안기에는 열량이 너무 커서 속이 다 타버릴 것 같으니까 마히루에게도 나눠준다는 명목의 물귀신 작전을 시도했더니 바로 옆에서 화끈 달아오르는 모습이 시야에 들어온다.

"도, 도, 도." 하고 작곡이라도 할 기세로 떨리는 입에서 작은 소리를 내는 마히루는, 아마네와 마찬가지로 완전히 화끈거리는 뺨을 한 손으로 붙잡고 있다.

잡은 손을 놓치지 않은 것이 아마네의 열기가 더욱 유지되는 연료가 되었다.

바들바들 떨고 수상쩍은 거동을 보이던 마히루는 한동안 심호

흡을 거듭한 다음에 아마네를 쳐다본다.

녹아서 흘러내릴 듯 촉촉해진 캐러멜색 눈에는 부끄러움과 혼란이 가득 담겼고, 그 안에서 막대한 열량과 기대와 같은 것이 엿보였다.

"아, 아직, 일러요……."

"그, 그렇지. 아직, 이르지."

아직, 이르다.

그렇게 말하고 당장에라도 도망칠 기세로 아마네의 손을 잡아당기듯 계산대로 향하는 마히루. 그리고 아마네는 몸속 열기를 간신히 가라앉히며 "아직."이라는 말을 혀로 굴리고 마히루가 이끄는 대로 계산을 마치러 갔다.

## 언젠가 부를 이름을

기본적으로 마히루는 누구에게나 한사코 존댓말을 쓰는 사람이다.

상대의 나이가 많든 적든 그 자세는 변하지 않는 듯, 교사와 동급생, 나아가 학교 후배가 말을 걸 때도 존댓말을 쓰며, 가게 직원이나 동네 사람, 심지어 부모와 떨어져 미아가 된 아이도 똑같이 대한다.

그렇다면 특별한 상대는 어떤가 해도 그 점은 변함없이, 가장 친한 친구인 치토세한테도, 나아가 남자친구인 아마네에게도 말투가 달라지지 않았다.

"마히루는 누구한테나 존댓말을 쓰지?"

그게 신기해서 저녁 식사 후에 무심코 물어봤더니, 마히루는 긴 속눈썹을 움직이며 눈을 깜박거렸다.

너무 뜬금없는 질문이니까 놀라게 한 건 미안하지만, 이미 입 밖으로 나왔으니까 후회해도 늦었다.

딱히 기분이 상한 기색이 아닌 마히루는 "그러네요. 익숙해져서 의식한 적도 없지만요."라며 웃으며 홍차를 마시고 있다.

"존댓말을 쓰는 이유라도 있어?"

그렇다면 괜찮겠거니 싶어서 궁금했던 것을 추가로 물어보자 컵을 조용히 테이블에 내려둔 마히루가 잠시 생각에 잠긴 것처럼 시선을 내린다.

"음…… 이유, 인가요. 조금 말하기 껄끄러운데요."

"말하기 껄끄러워?"

"단순히 예의 바르게 보이고 싶다는 이유가 가장 크지만…… 다른 사람과 거리감을 일정하게 유지하고 싶다는 이유가 있네요."

그래도 말하기 껄끄러운 눈치인 마히루는 아마네의 시선을 느꼈는지 눈썹을 축 늘어뜨리고 난처한 표정을 짓는다.

"이렇게, 어느 정도 교류하면 가까워지잖아요. 물리적이든, 심리적이든."

"하긴 그렇지."

"저는 퍼스널 스페이스가 넓은 편이어서, 어느 정도 친해져도 그 영역을 침범하면 한 발짝 물러난다고 할까요…… 반사적으로 거리를 벌려요."

"내가 그래도 싫어?"

"그, 그렇지 않아요! 그리고 애초에 아마네 군이 다가오는 게 싫다면 옆에 앉지도 않아요."

솔직히 부정할 줄 알고서 물어본 거지만, 예상했던 것보다 힘껏 부정해서 조금 압도당했다.

"그게, 딱히 거부감이 심한 건 아니지만…… 뭐라고 할까요.

더 침범하지 말았으면 하는 마음이 말투에 드러난다고 할까요. 습관이 된 거예요."

마히루가 무슨 말을 하고 싶은지는 이해했다.

기본적으로 마히루는 사교적이고 누구나 웃는 얼굴로 대하지만, 본질적으로는 조금 내향적이며 조용히 지내는 걸 좋아하는 성격이다. 사생활에선 그런 경향이 두드러져서, 다른 사람이 다가오는 걸 별로 좋아하지 않는 게 보인다.

아마네와 있을 때도 항상 즐겁게 수다를 떠는 게 아니라서, 서로 조용히 각자가 좋아하는 일을 할 때도 많다. 바로 옆에 있어도 거부하지 않고 오히려 기뻐하는 건 아마네가 특별해서 그런 거지, 누구에게나 그런 건 아니다.

그런 마히루가 자신이 안심하는 공간을 침범하는 것에 민감한 건 이해가 되고, 아마도 방위 본능이 작용하는 것이리라. 존댓말은 이를 의도해서 드러내는 것으로, 마히루에게는 벽 같은 것 같다.

"다른 사람을 견제하는 측면도 있으니까, 정말이지 귀염성이 없는 이유네요."

떨떠름한 얼굴로 한숨을 쉰 마히루가 옆머리를 잡아서 손가락으로 돌돌 만다.

"저는 정말 삐딱하죠?"

"남자친구가 봤을 때는 엄청나게 솔직하고 알기 쉬운데."

"삐딱한 거예요."

"수줍은 거군."

"놀리지 마세요."

얼굴을 붉히며 옆에 앉은 아마네의 허벅지를 찰싹찰싹 직접 공격(약)하는 마히루의 어디가 삐딱한지 모르겠지만, 마히루는 스스로 삐딱하다고 믿어 의심하지 않는 듯하다.

"순수한 우정은 없다고 생각해요……."

슬쩍 나온 한숨에 섞여서, 평소보다 억양이 없는 말이 마히루의 입에서 흘러나온다.

"물론 있기야 하겠지만, 인간관계는 뭔가 메리트가 있어야 계속되는 거로 생각한다고 할까요. 무언가 이득을 보니까 그런 건지, 아니면 정신적으로 득이 되니까 그런 건지는 따지지 않지만, 의미가 없다면 곁에 있지 않는다고 여기는 거예요."

마히루가 하려는 말은 다소 극단적이지만, 이해할 수는 있다.

어떤 관계성도 기본적으로는 메리트와 디메리트가 있고, 그걸 이해한 상태로 유지되는 것이다.

우정이란 것도 말하자면 그 사람과 지내는 것으로 본인이 즐겁고, 행복하고, 차분해지는 등의 메리트가 있으니까 유지되는 것이다. 인격에 대한 불신감, 불쾌감, 교류하면서 생기는 위험 등의 디메리트가 메리트를 넘어서면 관계가 끊기는 것도 당연하다.

우정을 이해득실로 정하냐는 비판도 있을 법하지만, 결국에는 누구나 무의식중에 호불호로 판단하고 있다.

"너무 잘난 척하는 것 같아서 부끄럽지만요. 순수한 마음으로 제게 다가오는 사람은 별로 없다고 생각한단 말이죠. 모두가 다 그렇지 않다는 건 알지만, 이용 가치라는 메리트가 있으니까 접근하는 사람이 많았어요."

아까부터 자꾸 나오는 한숨으로 확실하게 실제 경험에서 나온 말임을 이해하니까 아마네로선 가슴이 아프다. 마히루가 호의든 악의든 익숙해진 게 훤히 보여서, 답답함에 입술을 깨문다.

지금까지의 교우 관계는 마히루가 천사님으로 행동하면서 걸어온 발자취이지만, 그것이 전부 좋은 것만이 아님을 다시금 직시하게 되었다.

"그나마 나은 걸로는 공부하는 걸 도와주니까, 평판이 좋은 여자와 친해지면 자기 평판도 올라가니까, 주위에서 따돌림당하지 않으려고, 같은 게 있죠. 나쁜 걸로는, 저기, 액세서리라고 할까, 전리품? 그런 걸로 원하는 남자나, 저한테 차인 남자를 낚아채려고 친한 척하는 사람이나…… 정말이지 다양한 사람이 있었어요."

나른함과 피곤함이 조금 합쳐진 듯한 목소리에서 정말로 고생이 많았음을 알 수 있어서, 아마네는 무심코 위로하듯 머리를 쓰다듬었다.

마히루가 떠올리기만 해도 정신적으로 녹초가 된 표정을 지으니까 아마네로선 고생이 참 많다는 마음만이 가득했다.

아마네의 눈썹이 처지자 마히루가 허둥지둥 "물론 그냥 천사님이라는 이유로 좋아해서 다가오는 사람도 있었으니까요."라며 밝은 목소리를 내려고 하지만, 아까 표정을 보면 마음의 정리가 될 때까지 몹시 고전했으리라.

"그러니까 존댓말과 태도로 모두에게 똑같이 일정한 선을 넘지 못하게 했다는 거예요. 누구에게나 똑같이 하면 무리해서 선을 넘으려는 사람은 주위에서 자연스럽게 배척할 테고요. 별로 좋지 않지만요, 이런 건……."

인기인의 지위를 이용해서, 반대로 자신을 이용하려는 것을 방지한다.

그것은 인간관계에서 고생한 마히루가 터득한 처세술이며, 방어책이었겠지.

"진짜, 무진장 고생했구나."

"제 착각도 가미되었을 가능성은 부정할 수 없지만요. 잘난 척한다는 말을 들어도 부정하진 않아요."

"아니, 그 인기를 보면 잘난 척한다고 볼 수는……."

지금은 애인이 있다고 널리 알려져서 비교적 차분해졌지만, 아마네와 사귀기 전까지 마히루의 인기는 엄청났다.

남녀를 가리지 않고 주위에 항상 사람이 있었고, 본인 말로는 정기적으로 사랑의 고백도 들었다고 한다. 마히루가 이동하면 인파가 이동한다고 할 정도는 아니어도, 근처에 몇 사람은 꼭 있어서 혼자 있는 경우를 거의 못 봤다.

다만 마히루가 말한 대로 특별히 친한 사람을 찾아볼 수 없었던 건 사실이다. 치토세가 팍팍 들이대는 걸 보고서야 알 수 있었는데, 다른 학생들과는 표면적인 교류였던 거겠지.

"지금은 별로 신경 쓰지 않고, 지금의 제 주위에는 착한 사람들만 있으니까요."

그렇게 미소를 짓는 마히루의 얼굴에서는 거짓을 찾아볼 수 없다.

지금의 학급은 비교적 이성적이고 온화한 사람이 많다. 체육대회 때 따지고 들었던 남자들도 지금은 포기했는지 아마네와 마히루에게 뭐라고 하지 않고, 여자들은 어째서인지 싱글벙글 웃으며 조용히 지켜본다는 영문 모를 태도를 보인다.

아마네와 마히루가 무사태평하게 교제할 수 있는 건 학급 내에서 이해해 주는 덕분이니까, 매우 고맙게 여겼다.

"물론 처음에는 그런 계기로 쓰기 시작한 게 아니지만요."

"처음에는?"

"그게…… 뭐라고 할까요. 이걸 말하면 아마네 군이 더 신경 쓸 것 같은데요."

오히려 마히루가 더 신경 쓴다는 듯 말하기 껄끄러운 투로 말을 흐리는데, 그토록 망설이는 이유를 몰라서 눈만 껌뻑이는 아마네에게, 마히루는 결심한 것처럼 말을 잇는다.

"존댓말을 쓰면, 우등생처럼 보이지 않나요?"

"아." 하는 소리가 나왔다.

그리고 동시에, 듣지 않는 게 좋았다며 순식간에 후회가 뒤통수를 후려갈겼다.

"또래 아이들이 여러 가지 말을 배우고, 말의 의미나 듣는 사람의 마음을 생각하지 않고 발언하는 와중에 예쁜 말씨로 부드럽고 공손하고 온화하게 행동하면…… 적어도 어른들한테는, 무척, 착한 아이로 보이잖아요?"

아마네의 목소리도, 얼굴에 드러난 후회도 모른 채, 마히루는 계속해서 말했다.

그 표정은 무척 부드럽고 온화해서, 마치 그 '착한 아이'를 보여주는 듯한 미소가 아마네의 후회를 더 크게 만든다.

'보답도 받지 못하는데.'

과거에 마히루가 한 말이 머릿속을 빙빙 맴돌아서 떨어지지 않는다.

"당시의 저는, 무척이나, 착한 아이로 보이려고, 관심을 받으려고, 정신이 없었으니까요. 지금 생각해 보면 이상했던 것 같아요."

자신은 이상하다며 아무렇지도 않게 말한 마히루는 침묵한 아마네에게 놀란 뒤, 난처한 듯, 당혹스러운 듯한 눈빛으로 아마네를 바라본다.

"물론, 지금은 그런 의도가 없고, 습관이 되었다고 할까요. 지금 와서는 이걸로 아무 생각이 들지 않아요."

아마도 아마네를 걱정해서 꺼냈을 자상한 얼버무림에, 아마네는 이젠 됐다며 마히루의 몸을 정면에서 감쌌다.

한순간 몸이 딱딱하게 굳으면서도 곧바로 힘을 빼고 몸을 맡기는 마히루는 그만큼 아마네를 믿어 주는 거라고, 아마네는 생각한다.

"나는 어떤 말투를 써도 마히루를 좋아하니까. 착한 아이가 아니어도 돼."

"아, 알아요."

"더 잘 알아줘."

"네……."

아마네는 마히루의 전부를 좋아한다.

방금 마히루가 자학한 '착한 아이'의 부분도, 엄격하고 다소 배타적인 부분도, 겁이 많아서 남을 깊이 받아들이는 것이 무서운데도 외로움을 잘 타는 부분도, 자기 입으로 이상하다고 하면서도 인격이 선량하고 가면을 쓴 자신에게 죄책감을 느끼는 부분도, 전부 사랑스럽고 소중한 마히루의 일부분이다.

결코 마히루의 겉으로 보이는 좋은 부분만을 좋아하게 된 게 아니다. 마히루가 끌어안은 그늘도 다 포함해서, 아마네는 사랑스럽게 여겼다.

그걸 본인에게 전하려고 부드럽게 끌어안으며 등을 어루만지자 마히루는 부끄러운 듯이 품에서 몸을 꼬물거린다.

그런데도 도망치려고 하지 않고 마음 편하게 있는 건, 그만큼 아마네가 마히루에게 받아들여지고 있다는 증거이리라.

"그게, 아마네 군은 신경 쓸지도 모르겠지만, 그게 다는 아니거든요?"

"그게 다가 아니라니?"

"네. 그게, 저는 실질적으로 코유키 씨가 키웠잖아요?"

"그렇지……"

"아, 이건 우울하게 하려는 게 아니거든요?!"

마히루의 내력을 떠올리고 본인이 아닌데도 조금 울적해진 아마네가 고개를 끄덕이는 모습을 보고, 반대로 마히루가 허둥대는 모습을 보인다.

"그게, 항상 곁에 있는 사람에게 배운 영향이 크다고 할까요. 코유키 씨는 기본적으로 존댓말을 썼거든요. 물론 고용인이니까 그런 거지만…… 의외로 누구에게나 그랬으니까요. 그 태도가 무척, 우아하고 멋져서. 그분처럼 되고 싶다는 마음에 흉내를 냈다고 할까요."

"그랬군……. 마히루가 그렇게 말할 정도니까 말투만이 아니라 행동도 우아했겠지? 안 그러면 동경해서 따라 하지 않을 거잖아?"

"네."

마히루의 행동거지가 결코 '착한 아이'가 되기 위한 것만이 아니었음을 알기만 해도 마음이 놓였다.

이야기를 들을수록 코유키 씨는 마히루에게 중요한 존재임을 통감한다.

그 사람이 없었더라면 지금의 마히루가 없었을 것임을 쉽게 짐작할 수 있으니까 마히루에게 중요한 것도 당연하지만, 마히루가 이토록 존경하는 걸 보면 대단한 인격자에 마음씨 고운 사람이겠지.

아마네는 그 사람을 직접 본 적이 없지만, 언젠가 마히루를 이끌어 준 코유키를 만나러 가고 싶다. 아마네가 할 소리는 아니지만, 고맙다고 말하러 가고 싶었다.

아마네는 직접 아는 사이가 아닌데도, 코유키에게 지금 마히루의 모습을 보여주면 기뻐할 것 같았다.

그 사람에게 절대적인 신뢰를 보여주는 마히루를 보면, 그런 사람이 마히루에게 있을수록 기쁜 아마네도 절로 미소가 지어진다.

참 좋은 사람이었겠지. 그렇게 절실히 느끼며 당하기만 하는 마히루를 달래듯 쓰다듬다 보니 문득 떠오른 게 있었다.

존댓말을 쓰게 된 계기는 코유키지만, 쓰고 있는 이유는 부모님의 관심을 원해서 착한 아이가 되려고 한 것이며, 자신에게 불이익이 없도록 상대와의 사이에 보이지 않는 벽을 만들기 위해서다.

그렇다면, 지금 상태라면 존댓말을 그만둘 수 있지 않을까?

"여담이지만, 그렇다면 지금의 마히루는 딱히 존댓말을 고집하지 않아?"

"그건, 그렇죠."

"평범하게 말하면, 어떻게 돼?"

기본적으로 마히루가 존댓말을 그만두는 일은 없다. 간혹가다가 '바보' 나 '아이참' 같은 말을 할 때가 있지만, 허물없는 말투가 아니라, 어디까지나 정중한 말이다.

다른 사람을 부를 때도 기본적으로 'ㅇㅇ씨' 이며, 아마네에게는 이름 뒤에 '군' 을 붙이지만, 역시나 말을 놓지 않으니까 말만 놓고 보면 거리감이 있다. 목소리를 들으면 그렇지 않다는 걸 알지만.

"펴, 평범한 말투, 말인가요."

"그래. 아니, 그게…… 남자친구한테도, 존댓말을 쓰니까 말이야. 마히루가 존댓말을 안 쓰는 건 본 적이 없는 것 같아서."

"그, 그렇게 말해도……."

가만히 바라보면 아마네의 품에서 불편하게 몸을 웅크리는 마히루가 탄생한다.

"미안해. 불편하게 할 마음은 없었어. 그냥 조금 궁금해졌을 뿐이야. 언제나 존댓말을 쓰니까 호기심이 생겨서."

"아, 아이참…… 바보."

부끄러움 반, 얄미움 반으로 아마네의 가슴팍에 자꾸 머리를 들이받던 마히루는 한동안 아마네에게 벌을 주는 데 전념한 다음, 슬쩍 아마네를 쳐다본다.

주저하는 눈빛이라고 할까, 망설임이 있는 표정이어서, 너무 무리하게 해서는 미안하다며 아마네가 등을 부드럽게 토닥였을 때, 마히루가 천천히 입을 열었다.

"아마네 군이, 정말, 좋아."

작고, 속삭이는 듯한, 한마디.

시간으로 치면 5초도 될까 말까 한, 그만큼 짧은 말.

그런데도 아마네의 머릿속이 한순간 백지가 되고, 마히루의 말을 곱씹는 데 상당히 긴 시간이 필요했다.

마히루를 끌어안은 채로 굳어 버린 아마네는 몇 번이고 마히루의 말을 머릿속에 입력하고는 이해할 때까지 빙빙 돌리고 있었다. 그리고 간신히 이해하고 나서는 기름칠을 덜 해서 삐걱대는 기계처럼 뻣뻣하게 움직여서 품에서 얌전해진 마히루를 내려다본다.

마히루는 마히루대로 과부하가 걸린 듯이 얼굴이 새빨개져서 움직임을 멈췄다.

다만 아마네를 바라보는 촉촉한 눈망울만큼은 그렁그렁 너울을 치며 빛을 반사해서 일렁이고 있었다.

아마네가 응시하자 그 눈에 부끄러움이 단숨에 깃들고, 눈꺼풀의 장막에 숨으려고 한다.

긴 속눈썹을 떨면서 장막이 내려가는 걸 보며, 아마네는 그대로 똑같이 닫히려고 하는 분홍빛 입술을 덥석 물었다.

멈췄던 움직임이 다시 시작되지만, 저항하는 게 아니라 기대듯이 아마네에게 모든 것을 맡겼다.

조금 닿기만 하는 입맞춤인데도, 떨어진 마히루는 아까보다도 진해진 뺨과 촉촉해진 눈망울로 아마네를 쳐다보고 있다.

그 모습이, 또한 사랑스러웠다.

"한 번 더."

"안 돼요……."

"키스 말고, 아까 한 말을."

"다시는 안 말해요!"

"어?"

"바보."

마히루가 쓰는 험한 말이 부족한 걸 실감하면서, 아마네는 욕이라고도 할 수 없는 귀여운 소리를 한 마히루를 슬쩍 떼어놓았다. 마히루는 여전히 빨개진 얼굴로 아마네와 떨어져 열을 식히려고 하는데, 그게 왠지 웃겨서 웃음이 나왔다.

"나도 좋아해요."
"아마네 군은 존댓말을 안 써도 돼요."
"네."
흘깃. 미묘하게 탁해진 눈으로 봐서 순순히 사과하자 마히루는 더 말하지 않고, 완전히 식은 홍차를 마셔서 계속되는 쿨다운을 노렸다.
마히루를 더 자극하면 미안하니까 그 모습을 지켜보면서, 아마네도 방치 중이던 커피를 마셨다.
다 식은 커피는 블랙일 텐데, 신기하게도 단맛이 나는 듯하다.
"다시 생각해 보면, 사귄 뒤로도 호칭이 그대로인걸……."
차분해진 시점에서 기억을 떠올려 보는데, 역시 호칭만큼은 '아마네 군' 이었던 것이 조금 이상해서 웃음이 나온다.
마찬가지로 차분함을 되찾은 듯한 마히루는 그 점을 신경 쓰는지 "으으." 하고 작고 귀엽게 신음하는 소리를 냈다.
"그, 그치만, 아마네 군은 아마네 군인걸요……."
"뭐, 말을 놓은 마히루는 그다지 상상할 수 없으니까. 이름도 정중하게 부르고."
"갑자기 말을 놓는 건 아무리 생각해도 어려울 것 같은데요."
"그건 맞는 말이지만…… 그게, 앞으로도 쭉 '아마네 군' 일까 해서."
딱히 그 호칭이 싫은 건 아니고, 마히루 나름의 특별 대우인 것으로도 인식하지만, 이대로 쭉 '아마네 군' 으로 불리는 걸까 하는 의문이 생겼다.

마히루에게는 명확하게 전한 적이 없지만, 이미 평생을 함께 할 각오가 됐으니까 마히루가 받아들여 준다면 놓지 않을 거고, 마히루가 싫어하지 않는 한은 놓칠 마음이 없다.

장래에도 쭉 '아마네 군' 일까 하고 기묘한 심정으로 있을 때, 마히루가 아마네를 가만히 쳐다보더니.

"아마네……?"

고개를 갸우뚱하며 불러서, 아마네는 입안의 볼살을 씹고 말았다.

"뭔가 이름만 불러도 와닿지 않는다고 할까요. 이상한 느낌이 들어요."

"그, 그래?"

"부끄럽고요……."

갑자기 불리는 바람에 부끄러운 사람이 누군데. 아마네는 그렇게 생각하면서도 가까스로 참고 커피로 입안의 단맛을 중화한다. 마히루는 그런 아마네의 낌새를 한동안 지켜본 다음, 옷자락을 꼭 잡았다.

무슨 일인가 싶어서 깜찍하게 주장하는 마히루에게 시선을 돌리는데, 마히루는 아마네의 얼굴을 바라보면서 시선을 올리고 뺨을 붉힌다.

"아마네 씨."

부드럽게 자아낸 말에, 아마네는 하마터면 커피 컵을 떨어뜨릴 뻔했다.

기본적으로 마히루는 아마네의 앞에서 귀여움을 현실로 옮긴 듯한 존재이지만, 동시에 어른다운 아름다움을 보인다.

얼굴을 희미하게 붉히면서도 그것을 색기로 변환한 표정. 그리고 요염함을 짙게 드러낸, 머릿속 한구석에서 스며들어 녹이는 듯한 달콤한 목소리로 속삭이면, 차마 동요하지 않을 수 없으리라.

본인이 의도해서 드러내지 않은 것은 수줍어하는 기색으로 "이게 훨씬 와닿네요. 후후."라고 중얼거린 것으로 알 수 있지만, 고의가 아닌 만큼 무엇이 더 파괴력이 강할지는 명백하다.

"심장에 나쁜 건 누군데……."

"뭐, 뭐가요?"

"아, 아니, 그게. 뭐라고 할까."

"네."

"무척…… 결혼한 사람 같았거든."

입 밖에 내는 건 부끄러웠지만, 그렇게 말할 수밖에 없다.

아마네가 꺼낸 말을 예상하지 못했는지 굳어서 의미를 곱씹은 마히루는, 다음 순간에 얼굴이 화끈 달아올라서 아마네의 팔뚝을 찰싹찰싹 때린다.

"이상한 생각 하지 마세요."

"미안합니다."

자신이 생각해도 참 엄청난 소리를 한 자각이 있어서 순순히 사과하자 마히루는 "정말이지."라며 아까보다 훨씬 약한 찰싹찰싹으로 아마네를 벌한 뒤, 뭔가 고민하는 기색을 보였다.

혹시 불쾌하게 느꼈나 싶었는데, 마히루의 얼굴에 왠지 즐거운 듯한, 놀리려는 듯한 웃음이 드러난 것을 보고, 아마네는 '아, 이건 마히루에게 놀릴거리를 주고 말았구나.' 라고 깨닫고 말았다.

"뒤에 '씨' 를 붙이는 게 아마네 군의 가슴이 더 뛰는 거죠?"

"자꾸 하면 익숙해질걸."

"으으."

반드시 사람 가슴을 철렁하게 할 것 같으니까 분명하게 말해두는데, 아니나 다를까 뭔가 꿍꿍이가 있었는지 마히루는 못마땅한 기색을 감추지도 않고 입술을 삐죽였다.

"가끔가다가 기습적으로 하는 게 좋겠네요."

"마히루 선생님?"

"아무것도 아니에요."

전혀 굴하지 않은 것 같아서 여유로워 보이는 뺨을 꼬집어 줄까 했는데, 마히루는 아마네의 시선을 느끼고 슬쩍 아래를 봤다.

시선을 내린 눈망울이 조용히 흔들린다.

"그러니까…… 지금은, 아마네 군이면, 돼요."

마히루도 아마네가 아까 뭘 생각했는지를 알아준 것 같다.

'지금은' 이해하고 그대로 있어 주려는 마히루. 아마네는 내밀던 손을 뺨에 부드럽게 대고 "응."하고 작게 대답한 뒤, 귀까지 빨개진 마히루에게 슬쩍 웃어 주었다.

© Hanekoto

## 둘만의 비밀

마히루는 욕조에서 혼자 무릎을 끌어안고 있었다.

이게 전부 다음에 있을 일을 생각하고, 머릿속으로 수많은 장면을 상상하다가 비명을 지르고 싶어지는 충동을 억누르느라 필사적이었기 때문이다.

(내 입으로 먼저 말했으면서.)

'오늘은…… 집에 가지 않아도, 될까요…….'

문화제 마지막 날 밤, 마히루가 용기를 내서 한 고백. 아마네는 몹시 주저하면서도 이를 받아들였다.

아마네의 부모님 댁에서와는 상황이 다르다. 애인으로서 밤을 함께 보내고 싶은 각오가 있음을, 아마네도 이해했을 것이다. 교제 초기라면 얼굴이 새빨개져서 한사코 거부하는 자세를 보였을 아마네도, 이번에는 몹시 주저하면서도 받아들였다.

즉, 그만큼 마히루를 사랑하고 요구하는 것이 참을 수 없어지고 있다는 뜻이기도 하다.

마히루는 스스로 그런 것에 민감하지 않음을 잘 알고, 사춘기 소녀치고는 오히려 무지한 편이라고 자각하지만, 하나도 모르는 건 아니다.

남자인 아마네에게 어떤 욕구가 있는지를, 그것을 필사적으로 참고 있다는 걸 이해하며, 그 사실을 당연한 일로도 받아들이고 있다.

사랑하니까 아슬아슬하게 참고 있는 아마네의 집에서 자면, 당연히 그런 행위로 발전할 가능성이 커진다.

조금만 삐끗해서 고삐가 풀리면 순식간에 꿀꺽 잡아 먹힌다는 걸 알고 있었다.

그래도 좋다고 여겼으니까, 마히루는 아마네와 함께 있고 싶다고 애원했다.

(적극적으로, 뭘 어떻게 하고 싶은 건, 아니지만요…….)

자기가 꺼낸 말을 떠올리면 부끄러워서 무심코 입까지 물에 담그고 수치심을 숨에 섞어서 부글부글 내보내지만, 자신이 터무니없는 소리를 했고, 그 결과가 지금 상황이라는 것이 뼈저리게 느껴져서 더더욱 부끄러워진다.

이렇게 아마네를 먼저 내보내고 욕실에 남은 것도 미용 관리를 위해서다.

단순히 평소에도 하던 걸 하는 거니까 이상하지 않지만, 아마네가 보면 기합을 넣은 것처럼 여길 수도 있다.

딱히 누가 들으라고 하는 변명은 아니지만, 서로 사랑하는 행위를 하고 싶어서 자고 가겠다고 조른 게 아니다.

곁에 있어서 온기를 느끼고 싶고, 문화제에서 부족해진 아마네의 성분을 보충하고 싶었다. 그런 마음이 강했던 거지, 그런 행위를 요구할 마음은 없었다.

둘이서 오붓하게 지내고, 그러다가 결과적으로 몸도 마음도 사랑하게 될 가능성이 크다는 사실을 이해하고, 받아들일 뿐이다.

"으으……."

각오했지만, 역시 끓어오르는 부끄러움은 다 억누를 수 없는 법이다. 주저가 담긴 신음이 흐릿한 소리가 되어 욕실을 울렸다.

마히루도 사춘기 소녀이며, 그런 상상을 전혀 해보지 않은 건 아니다.

종종 몸과 몸이 닿는 과정에서 아마네가 거북한 기색으로 몸을 떼는 이유는 짐작했고, 가끔 그 확실한 존재를 느꼈다.

그 탓인지, 그 덕분인지, 아마네에게 사랑받는 행위를 희미하게 상상해 보고 말았다.

그러한 정보를 접하지 않았던 마히루의 지식은 보건 교과서와 치토세에게 빌린 순정 만화와 비슷한 수준이며, 지식으로서 방법은 이해해도, 머릿속에서는 상상으로 출력되지 않는다.

실감할 수조차 없이 빈약한 지식으로는 고작해야 몸을 만지거나, 알몸으로 끌어안거나, 침대 시트로 몸을 감싸거나 하는 광경밖에 상상할 수 없었다.

그래도 마히루에게는 매우 자극적이며, 머리를 펑크내기 충분하다.

그보다 더한 일이 앞으로 자기 몸에서 일어날지 모른다고 생각하자 심장 고동이 차분해지지 않는다.

© Hanekoto

무심코 가슴팍을 붙잡고, 풍만한 감촉 안쪽에서 큰 맥동을 느낀다.

심장에 부담을 주는 것이 긴장과 기대가 반반임을 잘 아니까, 부끄러움은 여전히 마히루의 몸을 속에서 태우고 있었다.

(응하고, 싶긴, 하지만요…….)

아마네는 몹시 소심하고 신중한 사람임을 잘 안다. 따라서 마히루를 존중하고 손대지 않을 것임을 안다.

철저하게 감추고 있는 욕구가 단순한 성욕 때문이 아니라 진심으로 사랑해 주기 때문임을 잘 안다.

그렇기에 마히루는 아마네에게 응하고 싶고, 전부 맡겨서 몸도 마음도 사랑받아 아마네의 것이 되고 싶다고 생각하는 것이다.

그건 그렇고, 역시 거부감이 전혀 없다고는 할 수 없다.

(빠, 빨리 나가지 않으면 아마네 군이 곤란할 거예요.)

이렇게 우물쭈물하는 동안에 아마네는 거실에서 기다려야 한다. 기다리게 하는 건 바라는 바가 아니다.

심장은 여전히 차분해지지 않지만, 될 대로 되라며 자신을 다그치고 욕조에서 나왔다.

몸에 들러붙는 물방울을 수건이 부드럽게 빨아들이게 한 다음 바디 로션을 바르고, 얼굴 피부를 관리한다.

아무래도 너무 정성을 쏟으면 노골적으로 보일 테니까 눈에 안 띄게 손보지만, 미용 관리는 저절로 꼼꼼해지고 만다.

목욕을 마치고 촉촉하고 매끈매끈해진 피부를 확인하며 바구니 안에 있는 갈아입을 옷을 힐끗 봤다.
마히루는 갈아입을 옷을 두 종류 챙겨왔다.
하나는 아마네의 취향을 예측해서 챙긴, 무릎길이의 네글리제와 레이스 카디건.
목과 어깨 언저리를 드러내지만, 네글리제 본체의 옷감은 속이 비치지 않고, 몸의 라인을 알맞게 주장하는 정도. 여기에 카디건을 걸쳐서 노출을 줄이는 형태다.
이런 타입을 아마네가 좋아하는 건 평소의 느낌으로 안다. 아마네는 노출로 성적인 매력을 주장하는 것보다 품위를 적당히 지키고 다소곳한 걸 좋아한다.
그렇다. 청초한 걸 좋아한다.
(그러니까 이건 봉인해도 되겠죠.)
세트 아래에 감추듯 포갠 것을 슬쩍 보고, 속으로 변명거리를 만든다.
사실은 일단, 그럴 때를 대비한 것도 챙겼다.
치토세의 '유혹했을 때를 대비한 게 하나쯤 있어도 손해 볼 일은 없어.' 발언과 뜨거운 권유를 못 이기고 구매한, 처음 네글리제와는 비교도 안 되게 선정적인 네글리제. 아니, 속옷 세트는 마히루가 제정신이라면 절대로 입지 않는다.
애초에 옷감이 비치고, 조금만 걷어내면 감춰야 할 곳이 드러나는 그것은 너무나도 취약하다.
아무리 생각해도 이걸 입은 모습을 아마네 앞에서 보여줬다간 그런 행위를 할 마음이 가득하다고 여겨서 질색할 것 같았다.

애초에 이렇게 부끄러운 것을 입을 순 없다.

아무리 치토세가 등을 떠밀었다고는 사 버린 구매한 자신을 한심하게 여기며, 아마네가 기뻐한다면 입을 것 같은 자신이 무서웠다.

(오, 오늘은, 카디건으로.)

이런 걸 산 시점에서 자신은 터무니없이 음탕한 게 아닐까 하는 현실을 외면하듯 평범한 네글리제를 집었다.

결국, 평범한 네글리제가 정답이었던 것이리라.

아마네는 평소처럼 소파에서 TV를 보고 있는데, 마히루가 다가가자 고개를 든 아마네의 뺨은 목욕하고 나와서 그렇다고 변명할 수 없을 만큼 발그스름했다.

마히루의 차림을 보고 노골적으로 안도한 건, 아마도 치토세가 괜한 소리를 하지 않았을까 걱정한 거겠지.

(권하는 말을 듣기는 했지만요.)

입지 않기를 정말 잘했다고 생각한다.

그 차림으론 아마네가 확실하게 눈을 마주치려고 들지 않았으리라. 애초에 그 차림을 하고서 아마네 앞에 나설 자신이 없지만.

안도와 희미한 흥분이 뒤섞인 시선은 싫지 않지만, 역시나 밝은 데서 잠옷 차림을 보이는 건 부끄럽다.

아마네의 부모님 댁에서 잠옷 차림을 보인 적은 있지만, 그건 정말로 평소 집에서 입는 옷이고, 맨살이 거의 드러나지 않은 걸로 골랐다. 그것도 나름대로 부끄럽지만, 이 차림과 비교할 정도는 아니다.

아마네의 시선이 몸에 걸친 옷을 훑어보듯이 왔다 갔다 하는 바람에 몸을 슬쩍 움츠리고 말았지만, 아마네에게 보여주려고 입은 거니까 감추지는 않았다.

"이, 이상해요?"

아마네의 반응으로 봐서 그럴 리가 없음을 알지만, 무심코 물어보고 말았다.

불안해한다고 착각한 듯 아마네는 천천히 고개를 흔들고 "아니, 귀엽고 잘 어울려. 고향 집에 갔을 때와는 달라서."라고 말하며 조심스럽게 관찰하듯 마히루의 모습을 시야에 넣고 있다.

"아, 아무리 그래도 부모님 댁에서 이런 차림은 좋지 않잖아요. 그게, 보는 사람이 아마네 군밖에 없으니까, 조금 애썼다고 할까요."

아마네를 위해서 그랬다고 하면 조금 다르지만, 아마네가 기뻐해 주지 않을까, 이런 것에 끌리지 않을까 하는 마음이 있었던 건 인정한다.

스스로 생각해도 참 부끄러운 이유가 아닐까 싶어서 무심코 우물쭈물하는데, 아마네는 마히루의 말을 듣고 멋쩍은 듯이 시선을 내렸다.

서로 낯부끄러운 건 알지만, 이대로 가다간 아무 진전도 없을 것 같으니까 마히루는 머뭇거리면서도 아마네의 옆에 앉았다.

옆에서, 조금 긴장한 기척이 느껴진다.

그러나 마히루도 아마네와 닿고 싶고, 더 곁에 있고 싶으니까, 조심조심 아마네에게 기대듯이 몸을 붙였다.

평소라면 더 자연스럽게 할 수 있는데도 어색해진 건 앞으로 어떻게 될지 모른다고 하는 불안과 기대가 몸을 긴장시킨 탓이다.

아마네는 아마네대로 몸이 뻣뻣해지지만, 평소와 똑같은 태도를 보이려고 노력하는지 도망치지 않고 마히루를 맞이하듯 꿋꿋하고 듬직한 느낌이다.

"솔직히, 이럴 때 엄청난 잠옷을 입고 오면 어쩌나 생각했어."

불쑥 튀어나온 말에 한순간 몸이 떨린 건 어쩔 수 없는 일이다.

"사실 조금은 고려했어요."

고려하고 나발이고 실제로 사서 챙겨왔지만, 그건 본인에게 도저히 말할 수 없었다.

"저기요."

"하지만 저기, 너, 너무 그러면, 질색할 것 같아서요."

그 이유처럼 이번에는 얌전하지만, 어쩌면 아마네는 기대했을지도 모른다.

그래도 처음이 될지도 모르는 날에 그토록 요란하고 선정적인 걸 입는 것도 부끄러우니까 "너무 노골적이니까요."라고 갈아입을 옷과 함께 감춘 잠옷이라고 할지 속옷이라고 할지 이제는 더 감출 마음도 없는 그걸 떠올리면서 작게 중얼거리는데, 아마네도 똑같은 걸 상상했는지 뺨을 더 붉게 물들였다.

"질색하진 않아. 마히루가 나를 위해 입어주었다는 생각이 들어서 기쁠 거야."

"아, 안 입을 거예요."

"안 입을 거야?"

"입었으면 좋겠어요?"

조금 낙담한 말투여서 되묻고 말았다.

(아마네 군한테는 자극이 너무 강할 것 같아요…….)

천이 가리는 면적도 그렇지만, 무엇보다도 평소 가려야 하는 부위를 보여주는 구조다. 그러니까 본 순간에 기절할 듯한 물건이다.

아마네는 얇고 나풀나풀한 것을 상상했을 테고, 실제로 마히루도 그런 걸 과격한 의상으로 여기지만, 이번에 마히루가 가져온 것은 애초에 보려고 마음먹기만 하면 맨살을 간단히 드러나게 할 수 있는 것이다. 아마네가 상상한 것보다 훨씬 과격하리라.

"아니, 언젠가는…… 그게, 입으면 좋겠지만. 마히루가 보여주고 싶어지면 보여줘."

"언젠간, 그럴게요."

"응. 언젠가…… 지금은 무리하지 않아도 돼."

보고 싶은 마음이 있다는 사실에 안도하면서도 순순히 물러난 아마네에게 아주 조금 마음이 복잡해지지만, 마히루를 존중해주는 자세가 고마웠다.

그나저나 남자가 그래도 되는 걸까? 그런 눈빛을 보내자 고개를 갸우뚱하니까 "아무것도 아니에요."라고 말할 수밖에 없다.

그런 마히루에게, 아마네는 슬쩍 웃고 큼직한 손으로 마히루의 손을 잡았다.

언제나 아마네가 마히루를 진정시킬 때 하는 행위임을 알면서도 상황이 상황인지라 한순간 몸이 반응하고 말았는데, 곧바로 포근한 온기가 전해져서 몸의 긴장을 풀어준다.

너무 의식할 건 없다고 말없이 전해 준 사실에 가슴속 깊은 곳이 은은하게 열기를 띠고, 입가에 부드럽게 미소가 지어졌다.

가슴이 두근거리는 건 변함없지만, 그것이 아픔보다는 가슴을 희미하게 조이면서도 애절한 행복으로 이끄는 부드러운 무언가로 느껴져서, 신기하게도 머릿속은 맑은데 녹아드는 듯한 모순된 기분이 들었다.

아무튼 아마네가 마히루를 소중히 여겨 준다는 것이 강하게 전해진다. 그래서 마히루는 그 행복한 기분을 느끼며 아마네의 어깨에 머리를 기댔다.

시선은 담담한 목소리를 내는 TV에.

화면 속에서는 억양을 자제하면서도 귀에 잘 들어오는 명료한 목소리로 시사 문제를 해설하고 있는데, 머릿속에 하나도 안 들어오는 건 옆에 있는 사람이 원인이리라.

아마네도 마히루 쪽으로 슬쩍 무게를 싣지만, 몸을 완전히 기대는 게 아니라 조금 애교를 부리듯 밀착했다고 보는 게 더 정확할지도 모른다.

서로가 멍하니 뉴스 아나운서가 자아내는 목소리를 듣고 조용히 시간을 보냈다.

들썩이던 심장은 차분함을 되찾고, 서로의 온기를 느끼고 졸음을 느끼는 것처럼 편안한 리듬을 제공하고 있다.

두근두근. 익숙한 감각으로 돌아온 심장 고동을 느끼며, 옆에 있는 아마네의 체온을 손가락으로 확인하고 있을 때, 문득 마히루를 감싸던 손가락의 감촉이 조금 달라졌다.

조금 전까지는 마히루를 진정시키듯 감쌌는데, 지금은 감싸는 게 아니다. 마히루를 원하는 것처럼, 손가락 사이에 손가락을 끼는 형태로 마히루를 붙잡았다.

도망치게 하지 않겠다. 아니, 떨어뜨리기 싫다는 의지가 느껴지는 그 움직임에, 마히루도 조용히 손을 잡아서 응답하기로 했다.

"슬슬, 잘까?"

천천히 입 밖으로 나온 부드러운 목소리에, 마히루는 조용하게 아마네의 손을 다시 꼭 잡았다.

아마네가 보채지도, 인도한 것도 아니라, 자기 의지로 아마네와 손을 잡은 채로 침실에 들어간다.

마음을 굳혔는데도 자꾸만 솟아나는 긴장과 부끄러움을 외면하고자 평소에는 자세히 관찰하려고 하지 않는 아마네의 방을 둘러봤다.

마히루와 교류한 뒤로, 아마네는 방을 잘 청소하게 되었다.

원래부터 물건이 별로 없었던 덕분인지, 정말이지 쾌적하고 깔끔한 방이 되었다.

본인의 성격이 드러났는지 장식품은 거의 없다. 눈에 띄는 것이라곤 바닥에 놓인, 봄철에 와서 마히루를 사로잡은 사람을 타락시키는 소파와 학습 겸 작업용 책상 위에 있는 인형이다.

과거 골든위크 데이트 때, 마히루가 여러 번 도전한 끝에 간신히 획득한 노력의 결정체다.

심플한 분위기로 통일된 실내에서 유일하게 애교를 흩뿌리며 색다른 분위기를 내는 그것은 잘 간직하고 있는지 더러워진 구석도 없이 떡하니 자리를 잡고 있었다.

"인형, 소중하게 간직해 주었군요?"

"뭐, 먼지가 쌓이지 않게 하는 정도지만 말이야. 마히루처럼 안고 자거나 하지는 않아."

"노, 놀리는 건가요?"

안고 잔다. 이건 아마네가 생일 때 선물해 준 곰 인형을 가리켜서 한 말이리라.

그야 매일 안고 자고, 손질도 꼼꼼하게 하지만, 그걸 지적하면 부끄럽다. 벌써 고등학생인데도 아이 같다고 말하는 것 같아서.

"왜 그런데. 그렇게 귀여운데 놀릴 이유가 없잖아. 아껴줘서 기뻐."

그렇게 아주 진지하게 말하면 마히루도 반발할 수 없다.

"아마네 군이 준 건, 소중히 간직하고 있어요."

"고마워. 그런데 오늘은 곰돌이를 안 가져왔구나."

"그게, 오늘은, 아마네 군이 있어서요."

"응……."

오늘은 언제나 함께하는 곰돌이를 집에 두고 왔다.

매일 함께 자지만, 오늘만큼은 쉬게 한다. 오늘은, 아마네가 그 역할을 맡는다.

과연 마히루가 안을지 안길지는 알 수 없지만, 아무튼 몸을 맞대고서 체온을 단단히 공유할 작정으로 여기까지 왔다.

뒤늦게 아마네의 방에 왔음을 느끼고 가슴이 조금 따끔거리지만, 몸을 움츠리고 있자 어째서인지 아마네가 말없이 고양이 인형에 담요를 씌웠다.

담요 자체는 의자에 걸려 있어서 어디서 났는지 알지만, 그 행동의 의미를 몰라서 두근거림이 단숨에 날아갔다.

"왜 그러세요?"

"아, 아니 그게…… 뭐랄까, 보는 눈이 있으면 왠지 기분이 이상해져서."

"후후. 아마네 군도 그런 걸 신경 쓰는군요."

"시끄러워."

"그런 점이 귀엽네요."

"곰을 안고 자는 사람이 할 소리야?"

"그 얘기는 아까 끝났잖아요. 아이참."

뾰로통한 마히루의 표정이 이상한지 유쾌하게 웃는 아마네의 옆구리를 나머지 손으로 쿡쿡 찔러서 벌을 주는데, 아마네는 아랑곳하는 기색이 없다.

오히려 재밌다는 듯이, 즐겁다는 듯이, 사랑스럽다는 듯이 마히루를 보니까, 마히루로선 그 따스한 눈빛이 간지러워서 견딜 수 없었다.

이것이 일종의 응석임을 다 안다는 사실이, 제일 부끄럽다.

뭐든지 받아줄 태세인 아마네가 조금 분해서 눈을 흘기며 보지만, 아마네는 놀라지도 않고 입가에 온화한 미소를 띤다.

그러고 나서 슬그머니 마히루의 공격 수단인 작은 주먹을, 큼직한 손으로 붙잡았다.

힘은 전혀 없다.

다만 손바닥을 맞대듯 깍지를 낄 뿐.

고작 그것만으로, 마히루는 힘이 빠져나갔다.

이렇게 되면 다음은 끌려가기만 하고, 아마네가 이끄는 대로 자연스럽게 침대로 갔다.

저항감은 없었지만, 침대에 앉자마자 앞으로 있을 일을 생각해서 가슴의 고동이 격해진다.

(아마네 군은, 어쩌고 싶은 걸까요……?)

슬쩍 쳐다보자 얼굴을 다 보기도 전에 손이 떨어지고, 아마네의 품에 안겼다.

"저기, 욕실에서 그만둔 걸, 해도 될까?"

가슴팍에서 고개를 들어 시선을 위로 돌리자 온화하면서도 왠지 초조함을 느끼는 듯한, 조바심이 난 듯한 빛을 띤 흑요석 눈과 마주친다.

그 눈에 빨려들 것 같아서 속으로 허둥대면서도 "그, 그래요." 라고 떨리는 투로 대꾸했다. 조금 어색한 태도를 보인 건, 아마네의 분위기가 아까와 달라져서 놀랐기 때문이다.
아마네는 마히루의 마음속 당혹스러움을 아는지 모르는지 희미하게 웃었다.
그 미소에 담긴 빛깔에 정신이 아찔해졌을 때는 투박한 손끝이 턱을 당기고, 입술을 들이댔다.
'아.' 하고 소리를 낼 틈도 없다.
자신보다 조금 딱딱한 느낌이 나는 입술이 부드럽게 닿는다.
요새는 입술에도 신경을 쓰는지 까칠하지 않으면서 얇고 촉촉한 입술은 마히루의 입술을 달래듯이 스쳤다.
전해지는 열기는 마히루보다 훨씬 뜨겁다.
키스했다는 사실에 겨우 익숙해진 마히루의 긴장을 풀고자 아마네는 부드럽게 입술을 포개고 조금씩 문대기 시작한다.
그 감각은 간지럽다고 하기에는 불쾌감이 없는, 뭐라고 표현할 수 없는 답답함이 있었다.
닿는 시간이 길수록 빨려 나가는 것처럼 힘이 빠져서 아마네에게 몸을 기대게 된다는 것만큼은 확실하다.
아마네가 손으로 받쳐주지 않으면 뒤로 훌렁 나자빠질 것 같아서.
조금 딱딱한 입술이 부딪혀 말로 표현할 수 없이 간지러운 느낌이 들어서 무심코 웃고 마는데, 입을 맞추던 아마네도 마히루의 반응을 보고 웃었다.
그대로 부드럽게, 또 부드럽게, 아마네는 마히루를 맛보듯 더욱 진하게 입을 맞췄다.

뜨겁고 까끌까끌한 혀끝이 미끄러지듯 안쪽으로 파고들고, 조심스러우면서도 갈구하듯이 마히루의 몸속을 더듬는다.
경험은 있지만, 이런 키스는 익숙하지 않았다.
그래도 아마네의 열기를 받아들이고 싶고, 아마네가 해주는 모든 것이 편안해서—— 마히루는 아마네에게 응하듯이, 조금만, 스스로 원했다.
서로의 열기가 입술을 통해 용해된다.
숨결도 똑같은 열량이 된 것을 자각하며, 숨결과 혀를 모두 엮어서 점점 더 서로의 열기를 탐하듯 주고받는다.
머리는 멍한데도 몸은 자극에 너무 민감해서, 아마네의 손이 몸을 받치려고 등을 어루만지기만 해도 찌릿찌릿하고 정체 모를 감각이 몸속에서 생겼다.
익숙해진 걸까. 아니면 지금껏 참은 걸까.
아마네의 입맞춤이 점점 격해지면서, 덩달아 입술에서 숨결에 섞여 목소리가 흘러나온다.
스스로 생각해도 대체 어디서 그런 소리가 나는가 싶을 만큼 뜨겁고 몽롱해진, 목이 잠긴 듯한 소리가 흘러나온다.
숨결과 목소리의 중간쯤 되는, 소리라고 하기 알맞은 것.
목소리만이 아니라, 몸도 다 몽롱해진 것 같아서, 몸이 멋대로 아마네에게 전부 맡기고 만다.
자신이 내는 것이라고 믿기지 않을 정도로 달콤한 목소리를 흘리며 입맞춤에 응하는 마히루를 앞에 두고, 아마네는 한 손을 슬쩍 움직였다.

네글리제가 가린 허리를 따라 손이 움직여서 몸이 한순간 떨리지만, 그걸 막을 마음은 없었다.

천천히 위로 미끄러지듯 훑어가는 손바닥의 감촉이 등을 움찔거리게 하지만, 곧바로 입맞춤이 다른 감각으로 덧칠하고 만다.

(이대로…….)

아마네가 원하는 대로 하게 두면, 결과는 안 봐도 뻔하다.

거부할 마음은, 없다.

하지만 반사적으로 몸을 크게 흔들고 말아서, 곧바로 아마네의 손이 마히루의 몸에서 떨어졌다.

그것도 모자라 입술도 떼고 욕망과 죄책감이 섞인 표정을 지은 아마네의 얼굴이 눈에 들어와서, 마히루는 잽싸게 아마네의 가슴팍에 얼굴을 파묻었다.

어디까지고 마히루를 우선하려는 손을 붙잡고.

"저기, 제가 자고 가겠다고 부탁했을 때 한 말을, 취소할 마음은, 없어요."

아마네는 아까 몸을 흔든 것을 공포와 거절로 받아들인 것이리라.

(아니야.)

하나도 무섭지 않다고는 말할 수 없다.

처음으로 다른 사람이 만지게 하는 것도, 자기가 모르는 감각을 배우는 것도, 욕망을 받아들이는 것도.

받아들이는 쪽의 사람은 대체로 무섭다고 여길 일이다.

당연하리라. 자기 몸을 맡긴다는 건, 무슨 짓을 당해도 이상하지 않다는 뜻이니까.

그래도 마히루는 아마네를 받아들이기로 했다.

품에서 아마네를 쳐다보자, 조금 전의 표정에 놀라운 기색이 더해졌다.

결국 아마네는 스스로 물러나려고 한 것이다. 아무리 흥분해서 마히루를 원해도, 마히루를 존중하고, 마히루가 준비될 때까지 기다려 주려고 했다.

그렇게, 한없이 착해서 자기를 우선할 수 없는 아마네를, 거부할 리가 없다.

아마네의 열기도, 마음도, 형체도, 뭐든 받아들이고 싶고, 마히루의 것으로 만들고 싶었다. 상대를 원하는 건 아마네만이 아님을, 이해하길 바랐다.

부끄러움 탓에 조금 머뭇거리며, 그런데도 각오는 흔들리지 않으면서, 격렬한 입맞춤 때문에 조금 촉촉해진 눈으로 아마네를 바라보자, 아마네는 숨을 내뱉었다.

마치 한숨을 쉬는 듯한 태도를 보고 화나게 했을까 싶어 몸을 떨었다. 그러자 아마네는 머리카락을 헝클어뜨리고, 심호흡하듯 몇 차례 숨을 쉰 다음, 마히루를 바라봤다.

흑요석 눈에는 감출 수 없을 만큼의 뜨거운 열기와 함께 냉철에 빛이 깃들어 있다.

"그렇구나."

"네……."

“개인적으로 말하자면, 마히루를 가지고 싶어.”

“네…….”

그건 진심이리라. 조심성이 없음을 알면서도 시선을 조금 아래로 내리자 그 말보다 주장이 강한 존재가 있다.

“하지만 말이야. 그 뭐냐, 책임질 나이도 아니고, 만일의 사태가 일어났을 때 곤란한 건 마히루라고 생각해. 아니, 물론 책임은 지겠지만. 당장 법적으로 명확한 관계를 약속할 수 있는 건 아니야.”

이만큼 말했는데도 무슨 뜻인지 이해하지 못할 만큼 마히루는 둔하거나 어리석지 않았다.

“나는 마히루를 좋아하니까 존중하고 싶어. 장차 마히루가 하고 싶은 것, 배우고 싶은 것이 생겼을 때, 내가 그걸 막는 건 바람직하지 않아. 앞으로 오래 함께할 생각을 한다면, 단순한 감정과 욕구로 마히루의 인생에 해를 끼치는 일이 없어야 한다고 봐.”

“네…….”

“마히루와 평생을 함께 걸을 각오는 있어. 다만 나는…….”

“더 말하지 않아도 돼요.”

말하지 않아도 안다.

(정말이지, 이 사람은.)

어디까지나, 마히루를 생각해서 행동하는 것이다.

마히루도 전혀 고려하지 않은 건 아니다. 사랑으로 도달한 행위가, 한 생명을 잉태할지도 모른다는 뜻이다.

피임은 확실하지 않다. 아무리 조심하고, 피임 도구를 써도, 확률을 완전히 없애는 건 아니다. 조금이라도 확률이 있고, 그 확률에 걸리면, 마히루는 학생 신분으로 생명을 몸에서 키워야 한다.

그렇게 되면 학교에서 모종의 처벌이 있을지도 모르고, 없더라도 생각이 없다며 비난받고, 손가락질당할지도 모른다.

게다가 아이는 낳는다고 끝이 아니다. 키워야 한다. 마히루 같은 존재를, 또 다른 마히루를 자기 손으로 만들긴 싫다.

(난 어쩜 이렇게 행복한 사람일까.)

모든 것을 고려하고, 자신이 쭉 억눌러 왔던 욕구를 해방하는 기회와 저울질해서, 그런데도 마히루의 미래를 택해 준 아마네. 마히루는 그 뺨에 슬며시 손을 뻗었다.

"아마네 군이, 저를 존중하는 것도, 깊이 사랑하는 것도 알아요. 이토록 소중히 여기니까, 저는…… 굉장히 행복한 사람이에요."

가슴이 뜨거웠다.

이토록 생각해 주고, 사랑해 주고, 존중해 주고, 소중히 여겨준다는 것을 실감해서.

사귄 뒤로 지금까지 행복으로 가득했는데도 어째서인지 메울 수 없는 아주 작은 틈새로 찬바람이 들이쳤었던, 가슴속 한 부분이 이번에야말로 아마네란 존재로 가득 메워졌다.

텅 비었던 가슴속을, 전부, 아마네가 채워줬다.

그것이 엄청난 행복임을, 마히루는 마음과 몸으로 느꼈다. 너무 행복해서 눈물이 날 정도로, 기뻤다.

샘솟은 행복함을 주체하지 못하고, 마히루는 최대한의 마음을 웃음에 담아서 아마네의 입술에 자기 입술을 포갰다.

"그런 아마네 군을, 진심으로 사랑해요."

지금의 마히루는 누구보다도 행복하고 만족스러울 자신이 있었다.

울어버릴 것처럼 전부 느슨해진 마히루에게, 이번에는 아마네가 부드럽게 입맞춤을 퍼붓는다.

몸도 마음도 은은하게 밝히는 햇살처럼 포근하게 입을 맞춘 아마네는, 마히루의 몸을 슬며시 감싼다.

"내가 책임질 수 있을 때까지, 기다려 주겠습니까?"

그 말이 의미하는 바는 무엇인가.

앞으로도 함께 걸어가기 위해 자신에게 제약을 걸려는 아마네는, 목소리가 조금 떨렸다.

사랑스럽게, 그리고 조금 참는 듯, 보채는 듯, 초조함이 희미하게 섞인 눈으로 바라보며 끌어안으면 마히루도 아마네가 얼마나 참고 있는지를 쉽게 상상할 수 있다.

그 증거로 밀착한 탓에 아슬아슬하게 버티고 있는 충동의 화신이 마히루에게 각오를 전하는 것처럼 주장하는 것을 느꼈다.

시선을 슬쩍 내렸다간 시야에 들어와 부끄러워지지만, 아마네의 각오도 강하게 전해지니까 전혀 싫지는 않다.

끝까지 노력하고 참는 아마네에게 수줍게 웃으며 끄덕이고, 마히루는 다시 듬직한 가슴팍에 얼굴을 파묻었다.

갑자기 큰 고동이 맞이해서, 공명하듯이 마히루의 심장도 크게 뛰었다.

"그때까지, 소중하게 아껴주세요."

어쩜 이렇게 행복할 수 있을까. 그렇게 만족하며 고백하고 아마네에게 미소를 짓는 마히루에게, 아마네도 만족스러운 얼굴로 고개를 끄덕이고 슬며시 다시 끌어안았다.

"아끼겠습니다."

그렇게 속삭이는 소리가 들려와서, 마히루는 달콤하고 부드러운 기대감에 채워지며 눈을 감는다.

조용히 끌어안고 있자 두근두근 뛰는 심장 소리가 겹쳐서 마치 서로가 녹아든 착각마저 들었다.

"저기 말이야."

포근한 햇살 속에서 몽롱해진 듯한 감각에 몸을 맡기고 있을 때, 나지막한 목소리가 들려온다.

"네?"

"한심한 소리를 해도 될까?"

어째서인지 조금 말하기 불편한 눈치로 우물쭈물 말을 흐리는 아마네에게, 지금 와서 대체 뭘 주저하는 거냐며 무심코 웃고 말았다.

"하세요. 사랑하는 사람의 멋진 점도, 한심한 점도, 부탁도, 전부 받아들일게요."

전부 각오했고, 이 사람의 모든 것을 사랑하고 있다.

그런 아마네가 말하는 한심한 소리란 대체 뭘까? 그런 생각에 마음속으로 고개를 갸우뚱하면서도 받아들일 자세를 보인 마히루에게, 아마네는 주저하는 느낌으로 마히루의 목에 입술을 댔다.

갑작스러운 접촉에 몸이 조금 떨리지만, 아픔이 있는 것도 아니고 그저 뜨거운 숨결만이 느껴지니까, 마히루는 한순간 경직했던 몸에서 긴장을 풀었다.

"그게, 말이지……. 조금만 만져도 될까?"

목이 조금 잠긴, 하지만 분명한 열기를 띤 부탁을 듣고, 마히루는 눈을 크게 깜빡인다.

아마네를 온몸으로 받아들이게 하는 행위는, 본인도 할 마음이 없겠지. 그렇게 생각했을 때, 만져도 되냐고 물어보는 말의 뜻은——.

그것이 무엇을 의미하는지 이해하고 단숨에 얼굴로 피가 쏠리지만, 마히루는 부끄러움이 다 가시기 전에 아마네를 쳐다보고, 다시 시선을 내렸다.

"사, 살살, 해주세요……."

아마네가 만지는 건, 좋아한다. 그것이 마히루에게 미지의 감각을 줄지도 모른다고 알면서도, 거부할 마음은 없었다.

아마네에게 배울 수 있다면, 분명, 나쁜 일은 생기지 않을 것이다.

게다가 약속했다. 둘이서 처음을 채워 나가자고.

아마네가 주는 처음을, 거부할 리가 없다.

부끄러움을 참으며 조용히 대답하자 아마네는 기쁜 듯이 피식 웃고는, 마히루의 손을 잡아당기는 모양새로 침대에 쓰러뜨려 몸 위에 올라탔다.

조명의 불빛을 등진 아마네는 마히루를 뜨겁게 바라보고 있다. 귀여워하는 것처럼, 소중히 여기는 것처럼, 애틋한 것처럼, 애원하는 것처럼.

흑요석 같은 눈동자 속에, 감출 수 없는, 끓어오르는 듯한 열기가 슬쩍슬쩍 보여서, 그 눈이 바라보기만 하는데도 신기하게 몸이 뜨거워져 몸속 깊숙한 곳에서부터 뜨겁게 달아오른다.

쿵쿵거리며 평소보다 훨씬 빠르게 뛰는 고동이 마치 자기 것 같지 않은 느낌이었다.

언제나 부드럽고 조심스럽게 만지던 손이, 조심하면서도 명확한 의지를 지니고 몸을 훑는다.

무섭지는 않았다.

"저기, 싫거나, 아프면, 꼭 말해. 바로 그만둘 거니까."

한순간이나마 긴장해서 몸을 떨게 한 것을 의식했는지, 아마네는 맨살에 손을 대기 전에 마히루를 똑바로 보고 진지하게 선언했다.

아까 그 매혹적인 느낌은 대체 뭐였는지 싶을 만큼 정말이지 진지하게 마히루를 배려하는 눈빛을 보고, 마히루는 무심코 웃고 말았다.

"아마네 군이 좋아하는 걸로 해주는 게, 여자로서는 더 기쁜데요?"

"그, 그럴지도 모르지만 말이야. 강요하고 싶진 않으니까."

끝까지 배려하는 말에 마히루는 조용히 웃고 아마네에게 손을 뻗었다.

긴장과 흥분 탓인지 빨개진 뺨에 손을 대자 연료를 더 넣은 것처럼 한층 빨개지고, 눈을 크게 뜬다.

"아마네 군이 주는 건, 전부, 기뻐요. 제가, 아마네 군의 마음을, 받게 해주세요."

설령 그것이 조금 아픈 것일지라도, 아마네가 준다면 받아들일 작정이다. 아마네가 마히루에게 무의미한 고통을 줄 리가 없다. 필요한 것임을 잘 아니까.

그것을 포함해서, 각오한 것이다.

똑바로 보고서 미소를 짓자 아마네는 입을 우물우물하면서 뭔가를 참듯이 삼킨 다음, 몸에 닿은 손을 마히루의 턱에 대고 당긴다.

무엇을 할지 모르는 것도 아닌 마히루가 눈꺼풀로 커튼을 치자 보이지 않아야 하는 커튼 너머에서 긴장한 기색으로, 그러면서 참다가 도저히 못 참은 미소를 띤 아마네의 모습이 보인 듯했다.

"최대한, 마히루도 좋아질 수 있게, 애쓰겠습니다."

닿기만 하는 부드러운 입맞춤 뒤 작게 튀어나온 말에, 마히루는 아마네에게 닿았던 손을 슬며시 내린다.

전부, 아마네에게 맡겨도 된다고, 몸과 마음으로 확신했다.

(괜찮아…….)

이 사람이라면, 앞으로도 쭉.

그렇게 깊은 안도와 행복으로 가슴속이 채워지면서, 마히루는 아무도 손댄 적이 없는 장소를 부드럽게 개척하려고 하는 손을 받아들였다.

아침에 잠에서 깬 마히루는 자신이 어디서 자고 있는지를 이해하고, 한순간 입술을 꾹 다물었다.

안 그랬다간 감싸듯 끌어안고서 숨소리를 내는 아마네가 깜짝 놀라서 일어날 참이었다.

하마터면 비명을 지를 뻔한 것을 간신히 참은 다음, 마히루는 잠에서 깨자마자 날뛰는 바람에 벌써 지치기 시작한 심장을 달래며 눈을 감은 사랑하는 사람을 슬쩍 쳐다본다.

커튼을 친 탓도 있지만, 아직 아침 해가 겨우 얼굴을 내민 정도의 시간인 듯, 끄는 걸 깜빡한 무드등의 불빛이 눈에 부시는 것 같다.

그 빛이 희미하게 물들인 아마네는 정말이지 편안한 얼굴로 잠들어 있었다.

진심으로 만족한 듯한, 평소 표정보다도 훨씬 앳되고 귀여운 얼굴을 보여줘서, 보기만 해도 저절로 미소가 지어진다.

마히루를 끌어안고 만족한 것처럼 보이는, 부드러운 미소를 띤 그 표정은 얼핏 보면 어린아이가 인형을 끌어안은 것처럼 보일지도 모른다.

그 순진함이 어젯밤과의 격차를 더욱 느끼게 해서 귀여운데

© Hanekoto

—— 거기서 여러모로 떠올리고 다시 입술을 일자로 다물었다.

(그건, 좋지 않은 거예요.)

좋지 않다는 건, 어젯밤의 아마네를 가리키는 말이다.

어젯밤. 전부는 모르지만 여러 가지를 알았고, 서로에게 가르쳐 줬다. 그 결과로 지금껏 몰랐던 지식도 늘었고, 새로운 일면도 알았다.

예를 들면 상상했던 것보다 훨씬 능숙했다든지, 관찰력이 좋았다든지, 정작 중요할 때는 여전히 소심했다든지.

그리고 상상했던 것보다도 참고 있던 충동이 컸다든지.

알게 된 것을 나열하기만 해도 눈빛을, 손끝을, 입술을, 마히루를 알려고 부드럽고 꼼꼼하게 만진 것을 다시금 떠올려서, 마히루의 뺨은 완전히 열기를 띠었다.

시트에 가린 자기 몸을 보려고 슬쩍 들추자 완전히 원래의 착용 상태로 돌아갔다고 할까, 돌려진 모습이었다.

하지만 나름대로 섬세한 천에는 주름이 생겼고, 자러 오기 전에는 없었던 꽃이 자랑스러운 피부에 군데군데 피었다.

네글리제 차림에서도 곳곳에서 보이는 자국이 아마네의 독점욕과 충동의 표현이자 어젯밤에 만진 확실한 증거였다.

다시금 그 사실을 인식하면 부끄럽지만, 아마네가 그만큼 마히루를 원했다는 뜻이기도 하니까 너무 탓할 마음은 없다.

정말이지 못 말리겠다며 열기가 담긴 숨결을 내쉬고, 자기 몸을 감싼 아마네의 가슴팍에 얼굴을 파묻는다.

지금까지는 옷을 입은 상태로 만져서 몰랐지만, 겉보기보다 단단하고 듬직해진 몸을 어제 알았다. 만지고 체감했다.

손으로 훑어보면 확실하게 기복이 느껴지는 근육은 놀라울 정도로 탄탄하고, 땀에 젖어 뜨거워진 피부는 묘한 색기를 드러내, 마히루의 심장을 뒤흔들 정도로 남자다웠다.

그래서 이 자세가 무척 부끄럽지만, 행복이 이를 앞서서 이렇게 찰싹 달라붙고 만다.

(정말, 남자였어…….)

의심한 적은 없고, 알기도 했지만, 평소의 신사다운 태도 때문에 그런 느낌이 약해졌고, 마히루도 방심했다.

결과적으로 아마네가 필사적으로 감춘 것에 불과했음을 몸과 마음으로 단단히 배웠다.

지금 자신의 등을 감싼 손이 구석구석 빠짐없이 만졌다고 생각하니 몸이 이상하게 뜨거워진다.

의식하면 너무 부끄러워서 도망치고 싶은 마음과 이대로 사랑하는 사람의 품에 안겨서 행복한 시간을 보내고 싶은 마음이 실랑이를 벌인다.

아마네가 깼으면 한동안 달라붙어서 정답게 지냈을지도 모르지만, 지금은 아마네가 아직 일어나지 않았다.

게다가 조금씩 커튼 사이로 비치는 빛이 강해지고 있으니까 아침 준비를 해야 하리라.

휴일이라고 해도, 마히루의 일과는 크게 달라지지 않는다.

이번에는 몸에 영향을 줄 정도의 행위를 한 게 아니므로, 활동을 시작해도 되겠지.

한동안 사랑하는 사람의 향기와 온기에 감싸여 곰곰이 생각한 뒤, 마히루는 슬그머니 아마네의 느슨한 구속에서 빠져나올 것을 선택했다.

몸단장을 마치고, 아침밥을 하기로 결심했다.

결코 괜히 기억을 떠올려서 부끄러움에 신음하며 침대 위에서 몸부림칠 뻔해서 그런 것이 아니다.

깨우지 않도록 신중하게 침대에서 빠져나온 마히루는 완전히 주름이 잡힌 네글리제를 어떻게 할 수 없을까 하고 옷감이 망가지지 않는 수준에서 편 다음, 시계가 있었는지 실내를 둘러본다.

그러고 나서 책상 위에서 산처럼 된 담요를 보고 작게 웃었다.

소리를 내지 않도록 슬리퍼를 신고 책상에 다가가 하룻밤 동안 담요말이 형에 처해진 고양이 인형을 해방해 준다.

밖으로 드러난 동그랗고 순진무구한 눈은 어젯밤 일을 아무것도 모르리라.

주인님의 모습을 하룻밤 동안 못 보고 참아야 했던 불쌍한 고양이를 자상하게 안아 들고, 아무것도 모르고 편안하게 숨소리를 내며 푹 잠든 아마네의 옆에 슬그머니 내려놨다.

일어나면 마히루가 없는 것에 당황하거나 한탄할 것 같으니까, 아마네가 외롭지 않도록 배려한 것이다.

고양이 옆에서 편안하게 잠든 아마네의 모습은 정말 귀엽다.

어젯밤 보여준 늠름한 표정과 감출 수 없는 열기를 띤 눈빛의 자취는 조금도 없고, 그저 평소와 같은, 아니 어젯밤의 아마네를 알기에 평소보다도 더 순진하고 사랑스러운 느낌이 커졌다.

나중에 몰래 사진을 찍자고 본인이 들으면 점잖게 거절할 일을 생각한 마히루는 침대에 한쪽 무릎을 대고 아직 잠든 아마네의 뺨에 살짝 입을 맞추고 일어선다.

(아침을, 차리자. 아마네 군이 가장 좋아하는, 달걀말이를.)

남편이 일어나길 기대하는 아내의 기분이 이럴까? 그렇듯 아직 너무 이르고 부끄러운 일을 생각하면서, 마히루는 흥겹게 방을 나가 세면장으로 갔다.

## 잘 살피는 사람

최악이라고, 마히루는 말없이 속으로 중얼거렸다.

일어났을 때부터 몸 상태가 안 좋았고, 학교에 있는 시점에서 이번 증상은 무겁다고 이해했다.

머리는 돌을 얹은 것처럼 무거워서 평소보다 사고 능력이 무뎌진 것을 알았다. 움직이면 둔기로 때리는 듯한, 그러면서도 가끔 바늘로 무수히 찌르는 듯한 통증이 커지는 아랫배. 덤으로 몸은 평소보다 뜨겁고 나른함이 항시 몸을 따라다녔다.

이 현상이 일어나는 것 자체는 여자로 태어난 이상 어쩔 수 없다고 다 포기했지만, 호르몬 밸런스가 망가진 것도 가미해서 몹시 화가 났다.

약간 정서불안 느낌인 걸 알지만, 참는 것 자체는 가능하니까 어떻게든 이성으로 거칠어진 감정을 달래며 슬며시 한숨을 쉰다.

다행이라고 할까, 마히루는 세간에서 여자들이 비명을 지르는 것보다는 증상이 가벼운 편이고, 약을 먹으면 문제없이 움직일 수 있는 수준이다.

더 심해지면 병원으로 직행해야겠지만, 일상생활을 보내지 못할 만큼 참을 수 없는 것은 아니며, 어디까지나 불쾌한 수준에서 그친다.

이런 때일수록 여자로 태어난 사실을 후회하지만, 본인이 선택할 수 있는 게 아니다.

좌우지간 약을 먹고 불쾌함을 얼굴에 드러내지 않도록 학교에서 지내고 나서야 겨우 자유로운 시간을 얻은 마히루는, 한눈팔지 않고 곧장 귀가하고 정신적으로 편하니까 아마네의 집에서 조용하고 얌전히 지내고 있었는데…… 얼마 후 장바구니를 들고 귀가한 아마네가 이쪽을 가만히 바라봤다.

"일찍 왔네."

"죄송해요. 오늘 장을 보게 해서."

"아니, 괜찮아. 그런데 느낌을 봐서는 꽤 일찍 왔나 싶어서."

그 말대로, 이번에는 제법 서둘러서 귀가했다.

몸이 아프기도 했지만, 좌우지간 주위에 사람이 있는 게 싫어서 조용히 지내고 싶다는 욕구를 채우고자 매우 서둘러서 왔다.

아마네가 오기 전에 약을 또 먹고 진정시키고 있는데, 통증이 완전히 사라지거나 약이 금방 듣는 것도 아니니까 몸의 나른함과 배의 통증이 안에서 슬금슬금 퍼져서 마히루를 괴롭히고 있었다.

"오늘은 집에서 느긋하게 지내려고요."

복통과 불쾌함을 감추려고 배에 살짝 손을 대고 미소를 짓자 아마네가 다시금 가만히 이쪽을 바라본다.

그게 왠지 마히루의 눈치를 살피는 듯한 눈빛이어서.

"왜요?"

"아니, 아무것도 아니야."

아마네는 뭔가 생각에 잠긴 낌새를 보였지만, 그대로 슈퍼마켓에서 산 물건을 냉장고에 넣기 시작했다. 그래서 마음을 놓고, 마히루는 아마네가 빠릿빠릿 움직이는 모습을 멍하니 바라본다.

많이 익숙해진 느낌으로 재료를 척척 수납한 아마네가 돌아보고 카운터 너머에서 "마히루."라고 이름을 불러서, 마히루는 평소보다 소파 등받이에 몸을 푹 기댄 자세에서 등을 꼿꼿이 세웠다.

"물 끓일 건데, 뭐라도 마실래?"

"어? 아, 그래요."

갑작스러운 제안에 잘 생각하지 않고 끄덕였는데, 아마네는 집중력이 떨어진 마히루의 상태를 아는지 모르는지, 평소보다도 왠지 모르게 부드러워진 눈으로 이쪽을 보고 있었다.

"내 독단으로 타도 될까?"

"어머, 아마네 군이 손수 마실 것을 대접해 주는 건가요?"

"그렇단 말이지. 그러면 멋대로 탈게."

따뜻한 음료를 타 주기만 해도 고마우므로 전부 아마네에게 맡기고 말았는데, 딱히 걱정하지는 않는다. 극단적으로 말하자면 뜨거운 물을 내주기만 해도 된다. 식히면서 천천히 마시면 될 일이니까.

그다지 움직이고 싶지 않으니까 전부 아마네에게 맡기는 코스로, 다시 소파 등받이에 무게를 싣고서 멍하니 포트 주둥이에서 울리는 소리가 커지는 걸 듣고 있었더니 어느새 아마네가 거실로 돌아와 있었다.

그 손에는 컵이 하나.

'어?' 하고 생각했을 때 "받아."라는 말과 함께 마히루의 손에 컵이 쥐어져 있었다.

이중 구조라서 손으로 잡아도 안 뜨거운 컵에는 연한 노란색 액체가 있다.

뭔가 섬유질 같은 것이 다소 섞인 듯한데, 정신이 몽롱해서 아마네가 뭘 타는지 안 봤으니까 내용물을 모르겠다.

컵을 살짝 기울이자 조금 걸쭉한 것이 천천히 흐르는 게 보인다. 조금 전까지 휘저었는지 세탁기에 들어간 옷처럼 무언가의 섬유질이 빙글빙글 소용돌이를 그리고 있었다.

"이건……?"

"벌꿀생강차. 생강과 벌꿀은 몸에 좋고, 따스해지잖아."

그렇게 말하고 의자에 걸어 놓은 담요를 마히루의 어깨에 슬쩍 걸친 다음 정체 모를 주머니를 마히루의 무릎 위에 올리는 아마네가 당혹스러울 따름이다.

손에 쥔 컵에서 느껴지는 은은한 온기에 더해서 무릎 위에서도 따끈한 온기와 무게가 늘어나 마히루가 대체 무슨 일이냐고 아마네를 쳐다보는데도, 아마네는 온화한 표정만 짓는다.

"배에 대 봐."

그 정체 모를 주머니가 찜질용 보온 물주머니임을 깨달았을 때는 저절로 탄식이 나올 뻔했다.

그 무게와 조금 기울였을 때의 소리로 내용물이 온수임을 알았다.

아까 '물을 끓인다' 고 한 말은 애초에 보온 주머니를 위한 것이리라. 아마네가 마실 것이 주방에도 안 보인다는 건, 보온 물주머니와 마히루가 마실 것을 위해서만 물어봤다는 뜻이다.

조금 떨어진 옆자리에 앉은 아마네는 심각해 보이는 얼굴이 아니고, 어디까지나 평범한 표정에 조금 걱정하는 기색이 섞인 눈빛이다.

"편한 자세로 있는 게 좋아. 마시고 나서 누울래?"

"아, 아뇨. 그 정도는."

"그렇다면 일단은 이대로 있는 게 좋겠네. 힘들면 말해."

아무렇지도 않게 몸 상태를 눈치챈 것처럼 말한 아마네가 에어컨 리모컨을 가져와 온도를 조절해서 완전히 다 들켰다는 사실을 이해했다.

"저기, 어, 어떻게 알았어요?"

"몸 상태가 좋지 않은 분위기였고, 배에 손을 댔으니까. 정기적으로 몸 상태가 나빠지면 어렴풋이 눈치챈다고 할까."

멋쩍은 기색으로 설명하는 아마네는 어째서인지 미안해하는 눈치다.

미안한 사람은 들킨 데다가 신경도 쓰게 한 마히루인데, 아마네는 무언가를 걱정하는 듯했다.

"기, 기분 나쁘게 해서 미안해."

"이야기가 왜 그렇게 되는 거죠?"

"그게, 남자가 그런 게 알거나 걱정해 주는 건, 기분 나쁠 것 같아서."

괜히 배려해 주는 걸 꺼리는 사람도, 애초에 알려지는 것 자체가 싫은 사람도 있으니까, 듣고 보니 아마네가 머뭇거리는 것도 이해할 수 있다.

마히루로선, 아마네가 눈치챘다는 사실에 몹시 놀라기는 했지만, 혐오감은 없고, 납득도 했다.

애초에 아마네와 지내게 되고 나서 시간이 꽤 지났고, 아마네를 좋아하게 되고 나서부터는 학교가 끝나면 대체로 이쪽에서 지내게 되었다. 목욕할 때와 잠들 때를 빼고는 아마네의 집에 있다고 해도 과언이 아니리라.

그렇게 오래 함께 지내다 보면, 역시 어느 시점에서 정기적으로 몸 상태가 나빠지는 것을 눈치채도 이상하지 않다.

질색하지 않을까 하는 아마네의 걱정과 불안은 이해하지만, 마히루로선 아마네가 잘 살펴준다고 하는 안심이 더 컸다.

"모르는 사람에게 알려지면 기분이 별로 좋지 않겠지만, 나름대로 오래 같이 지낸 아마네 군에게 알려지는 건 딱히 상관없어요. 제가 실수로 티를 냈다는 뜻이니까요."

"티를 안 내려고 해?"

"아픔 자체는 매달 그러는 거니까 어쩔 수 없는 거고, 티를 내면 다들 신경 쓰잖아요."

아무리 발버둥 쳐도 정기적으로 몸 상태가 나빠지는 건 확정이고, 그건 어쩔 수 없는 일이라며 받아들이고 있었다.

아픈 것도 익숙하니까 다른 사람이 있을 때는 표정이나 행동에 드러나지 않도록 노력했는데, 결국 아마네에게 들킨 거니까 헛수고였을지도 모른다.

되도록 아마네에게 걱정을 끼치고 싶지 않았다고 생각하면서도 이렇게 걱정해서 배려해 주는 것이 기쁘다는 모순된 감정을 끌어안고 옆에 있는 아마네를 본다. 그러자 아마네는 진지한 얼굴로 마히루를 쳐다보고 있었다.

"그야 몸이 불편한 사람을 걱정하지 않을 수 없다고 할까. 어머니가 증상이 심해서 이것저것 들었고…… 내가 할 수 있는 일이 있다면 하는 게 당연하잖아."

이럴 때일수록 착하게 자란 아마네의 성격이라고 할까, 본질적인 선량함이 두드러진다.

아마네의 부모님이 아마네를 훌륭하게 교육했다는 건 함께 보낸 반년 사이에 절실히 깨달았다.

말투는 다소 나쁜 구석이 있지만, 솔직하고 부드러운 성격. 남을 잘 살피고, 필요하다면 아무렇지 않게 도와줄 줄 안다. 그걸 과시하지 않고, 당연하다는 듯이 배려하면서 마히루를 소중히 대해 준다.

자신감이 없고, 자기 일을 대충대충 하는 게 단점이지만, 그건 보충하고도 남을 장점이리라.

대충대충 하는 부분도 요새는 개선되었고, 그래도 안 된다면 마히루가 보충해 주고 싶을 정도로, 아마네는 마히루에게 멋진 사람이었다.
"아마네 군은 그런 구석이 있죠."
"아니, 보통이잖아……. 마히루도 내가 아프면 침대로 강제 이송할 거면서."
"그건 그렇죠."
"그렇지?"
어째서인지 자신만만하게 선언한 아마네에게 무심코 웃자 배가 욱신거려서 한순간 몸을 굳히는데, 아마네는 그 모습을 보자마자 기가 죽은 듯이, 안쓰럽다는 듯이, 조금 불안한 눈으로 걱정하며 마히루를 본다.
"저기, 몸이 너무 불편하면 집에 가는 게 좋아. 조용히 누워 있는 게 좋을 것 같거든. 하지만 못 참을 정도로 힘든 것 같지도 않아서…… 아플 때는 사람이 성가실 때와 마음이 불안해질 때가 있으니까, 마히루의 판단으로 있는 게 좋다고도 생각하니까."
허둥지둥. 어쩔 줄을 모르면서 주절주절 설명하는 아마네에게, 마히루는 입가를 가리고 웃었다.
끝까지 마히루를 생각해서 자상하게 제안해 주는 아마네는 도저히 못 이기겠다.
"지금은, 함께 있는 게, 더 좋아요."
지금이라면 순순히 호의를 받아들일 수 있을 것 같았다.
원래라면 불편을 끼치지 않으려고 곧장 집에 가야 했을 것이고, 아마네와 교류하기 시작했을 무렵의 마히루라면 뭔가 이유를 대서 귀가했을 것이다. 하지만 지금의 마히루는 아마네를 의지할 수 있었다.

그만큼 아마네의 존재는 마히루의 연약한 부분에 들어와 온기를 준다는 걸 새삼스럽게 실감하니까, 가슴속이 묘하게 간지러웠다.

"힘들어서 죽을 정도는 아니에요. 다만 움직이면 불쾌할 뿐이라서요."

"응. 오늘은 내가 밥을 할게."

"아마네 군이……?"

"나만 믿어. 스승이 우수해서 나도 조금은 할 수 있게 됐습니다."

"후후. 제자가 우수한 덕분이기도 한데요?"

"마히루가 잘 가르쳤단 말이지."

아마네는 그렇게 말하지만, 실제로는 아마네가 이해력이 좋았다는 이유가 크다.

처음 만났을 때는 탄 채소볶음이나 너무 익혀서 너덜너덜해진 오믈렛을 만들 만큼 실력이 형편없었는데, 시범을 보여주고 이론적으로 가르치자 금방 흡수했다.

원래부터 아마네는 공부를 잘하는 타입이니까, 요리가 화학과 비슷한 것임을 이해하면서 요리 과정을 쑥쑥 이해해 나갔다.

기술은 아직 엉성하지만, 지금에 와서는 아마네가 요리 하나를 만들 때도 있고, 매일 일을 도와서 그 실력을 갈고닦고 있다.

그러므로 아마네가 요리한다는 점에서는 걱정하지 않았다.

"먹고 싶은 거 있어?"

"식욕이 많은 건 아니니까요. 따뜻하면서 자극적이지 않은 거라면."

"알았어. 냉장고에 있는 걸로 힘내 보겠습니다."

"성장했네요."

"아무리 나라도 학습할 줄 알거든요?"

"후후."

이런 식으로 경쾌하게 대화하기만 해도 몸의 나른함이 줄어든 것 같다.

아마네도 마히루의 의식을 아픔에서 돌리려고 일부러 밝게 말한 듯하다. 실제로 이렇게 대화하고 있으면 마음이 편해진다고 절실히 느낀다.

"약은 먹었어?"

"네."

"그렇군. 더 필요한 거 있어?"

자상하게 물어보면 한없이 응석을 부릴 것 같아서 조금 망설였지만, 아마네가 "얼마든지 응석을 부려도 돼."라고 악마처럼 속삭이니까, 마히루는 작게 끙끙댄 다음 아마네를 힐끗 봤다.

"조금만, 자고 싶어요. 하지만 집에 가는 건, 싫다고 할까요."

침대를 빌리면 미안하니까 소파에서 조금 자고 싶다는 건데, 아마네는 눈을 연신 깜빡거렸다.

남자 집에서 자면 안 된다고 딴지가 날아들 것 같지만, 솔직히 몇 번이나 아마네의 집에서 꾸벅꾸벅 존 적이 있고, 애초에 아픈 사람에게 아마네가 뭔가 할 리가 없다는 신뢰도 포함해서 애원한 거였다.

질색하지 않을까 싶어서 조심조심 눈치를 보자 아마네는 난처한 기색으로 미소는 짓는데, 싫은 게 아니라 부끄럽다는 뜻으로 보였다.

큼직한 손이 슬쩍 머리에 얹힌다.

"좋아. 푹 쉬어. 곁에 있을게."

"네……."

포근하게 감싸듯 부드럽고 따스한 목소리에, 마히루는 천천히 눈을 감고 곁에 있는 아마네의 팔에 몸을 기댔다.

한순간 몸이 요란하게 움찔거리는 걸 느꼈지만, 마히루는 떨어질 기미가 없다.

(곁에 있겠다고 했으니까요.)

그렇다면 이 정도는 되겠지.

닿은 곳에서 은은하게 전해지는 열기가 편안하다.

얼굴을 아마네 쪽으로 조금 돌리자 완전히 익숙해진 상큼한 민트 같은 아마네의 향기와 희미한 섬유 유연제 냄새가 코를 간질였다.

부드럽고 차분해지는 향기에 빰이 느슨해지고, 마히루는 그대로 행복한 온기를 맛보며 의식을 놓았다.

온기로 가득한 꿈에서 깬 마히루가 무거운 눈꺼풀을 천천히 떠서 눈을 가린 커튼을 걷어내자 시야가 온통 회색이었다.

평소보다 반응이 느린 머리로 멍하니 조금 전까지 뭘 했는지를 기억을 더듬다가 그러고 보니 잠시 잠들었음을 뒤늦게 떠올리는데, 그렇다면 눈앞에 있는 이건 뭘까 싶어서 느릿느릿 고개를 들었다.

흑요석처럼 빛나는 눈이 마히루의 시야에 들어온다.

“안녕.”

그렇게 가시가 없는 푸근한 목소리로 속삭이는 사람을 보고, 마히루는 한순간 영문을 몰라서 몸을 굳혔다.

목소리의 장본인인 아마네는 마히루가 잠이 깨도록 “잘 잤어?” 라며 온화한 투로 말을 잇는다.

“안녕하세요…….”

마히루도 그제야 ‘아마네에게 몸을 기대고 잤다’ 는 중요한 정보를 떠올리고 무심코 목소리를 떨며 대답했다.

이상하게 따뜻하고 편안하다고 느꼈는데, 아마네의 체온을 느끼며 태평하게 잠들었다면 당연히 따뜻하겠지.

몸이 조금 뻣뻣하지만, 정신적인 감각으로는 오히려 쾌적할 정도로 개운하고 만족스러웠다.

“아, 미리 말하겠는데. 이건, 그 뭐냐. 마히루가 먼저 그런 거라서…… 뿌리치면 미안하고 말이야.”

“이거……?”

왠지 고민하면서 자백하는 말에 마히루는 고개를 갸우뚱하며 아마네가 가리킨 ‘그것’ 을 확인하고, 다시 아마네의 팔뚝에 얼굴을 묻었다.

어느새 아마네의 손을 꼭 잡고 깍지를 꼈다. 마치 놓치지 않겠다는 것처럼, 투박한 손가락을 걸어 놓듯이, 손가락 사이에 자기 손가락을 끼워 넣었다.

기댄 것으로도 모자라 손을 잡았다고 하는 현실을 목격한 마히루는 신음이 나오려는 것을 어떻게든 참을 수밖에 없다.

이래서는 확실하게 아마네가 꼼짝할 수 없었으리라. 몸을 기댄 데다가 한 손의 자유도 완전히 빼앗았다. 아마네로선 몹시 난처했을 것이다.

"미, 미안해요. 불편했죠?"

"그렇진 않지만…… 마히루가 자기 조금 불편했을 것 같아. 앉아서 잔 시점에서 이미 늦었지만."

"아, 아뇨. 푹 잤어요!"

손을 휙휙 저으려다가 아직 손을 잡은 상태임을 깨닫고 허둥지둥 힘을 뺀다. 그러자 아마네는 허둥대는 마히루가 재미있는지 소리를 내서 웃고, 그대로 천천히 움직여 살짝 걸린 손가락을 풀었다.

어째서인지 상실감이 엄습해서 소리가 나오려는 것을 참으며, 언제까지고 몸을 기댈 수는 없다고 자세를 고쳐서 소파에 다시 앉은 다음, 마찬가지로 소파에 다시 앉은 듯한 아마네를 쳐다본다.

아마네는 아마네대로 마히루의 분위기가 잠들기 전보다 활발해진 것을 안 듯, 안도한 눈으로 바라봤다.

"약은 효과가 있었어?"

"네. 몸 상태도 많이 좋아졌어요. 불편을 끼쳤네요."

말 그대로, 불편을 많이 끼쳤을 것이다.

걱정하게 하고, 실질적으로 행동을 제한하고 말았으니까 소파에 고정된 아마네로선 몹시 지루한 시간이었겠지.

게다가 몸을 기댄 탓에 마히루의 체중도 어느 정도 실렸을 테니까 더 피곤해졌을 게 분명하다.

마히루로선 정말 미안하지만, 아마네는 평소와 똑같은 얼굴로, 그 이전에 왜 사과하는지 모르겠다는 눈치로 검은 눈을 몇 차례 깜빡인다.

"왜? 불편하게 느낀 적은 없고, 오히려 의지해 줘서 기쁜데?"

"너무 받아주지 마세요……."

"내 응석은 받아주려고 했으면서 잘도 그러네."

나도 하게 해달라며 아마네가 마히루의 뺨을 콕 찔러서, 간지러운 느낌에 저절로 눈에 웃음기가 돈다.

"그건 그거고, 이건 이거예요."

"그게 뭐야. 치사해."

"후후. 저는 치사한 여자니까요."

너무 신경을 써도 아마네가 신경을 더 쓰게 되니까 이 마음씨 착하고 신사적인 아마네에게 감사하면서 양보할 수 없는 자세를 보인다. 그러자 아마네가 알기 쉽게 못마땅한 표정을 지어서 웃고 말았다.

이렇게 잠깐 눈을 붙이고 웃은 덕분인지, 아니면 단순히 약의 효과인지. 다소 뻣뻣하기는 하지만, 몸이 제법 가벼워졌다.

시계를 슬쩍 보니, 아무래도 한 시간 남짓 잠든 듯하다.

원래라면 이미 식사 준비를 마쳤을 시간대로, 이러한 부분에서도 아마네에게 불편을 끼쳤다고 반성하면서, “식사를 준비할게요.”라며 일어서려고 했는데── 일어서지 못했다.

몸이 무거워서 그런 게 아니다.

물리적으로, 아마네가 눌렀다.

정확하게는 손을 붙잡는 형태로 마히루의 움직임을 막았는데, 아마네답게 힘을 살살 주면서도 절대로 일어서게 하지 않겠다는 의지가 듬뿍 담겼다.

“마히루는 앉아 있어.”

“어? 하지만 편해졌는데요.”

“그래도 원래 몸 상태는 아니잖아. 아직 조금 나른해 보이니까. 자, 내가 한다고 약속했으니까, 내가 약속을 지키게 해줘야지?”

그야 아마네가 한다고 말했지만, 평범하게 움직일 수 있을 정도로는 회복했으니까 괜찮다고 말하려고 했는데, 아마네의 눈을 보면 양보할 마음이 전혀 없다는 걸 알았다.

이것도 마히루와 가까워지고 안 사실이지만, 기본적으로 압박에 약한 아마네도 한번 하겠다고 마음먹었을 때는 꿈쩍도 안 한다.

그렇게 될 경우, 저항해도 소용없다. 마히루가 굽힐 때까지 양보하지 않는 사람이다.

양보하지 않는 이유가 기본적으로 다른 사람을 위한 거니까 마히루도 강하게 거부할 수 없다.

이번에는 마히루가 못마땅한 표정을 지을 차례가 되어서 눈을 흘기는데, 아마네는 쓴웃음을 지으면서도 눈빛으론 절대로 양보하지 않을 기색이었다.

"너무 토라지지 마. 뭐든 혼자서 하려고 하지 말고. 나를 의지해 줘."

"네……."

"잘했어. 큰 배를 탄 마음으로 기다려 줘. 마히루의 호화 여객선에는 대적할 수 없지만."

"아이참."

자학이 조금 섞이긴 했어도 일부러 그런 걸 아니까 웃는 마히루를 보고, 똑같이 웃은 아마네가 머리를 쓱쓱 쓰다듬었다.

안심시키려고 쓰다듬는 걸 아니까 마히루는 조용히, 기뻐하며 받아들인다.

마히루에게만 하는 특별한 행위임을, 마히루도 확신하고 있었다.

"시간이 조금 걸릴 테니까, 조금 더 자도 돼."

"괜찮아요. 여기서 아마네 군의 분투를 지켜볼 거니까요."

"걱정이 참 많은걸."

이상하다는 듯이 웃으며 주방으로 가는 아마네를, 마히루는 행복감과 안심감을 가득 느끼며 배웅한다.

걱정해서 그런 게 아니라, 자신을 위해 애써 주는 것이 너무 기뻐서, 그 마음과 행동을 빠짐없이 지켜보고 싶어서 아마네를 보는 것임을 본인은 모르리라.

아마네 전용의 심플한 앞치마를 두르는 모습이 정말이지 사랑스럽다.
마치 가족 같다고 멋대로 떠오른 망상이자 감상을 품고서, 마히루는 아마네가 재료와 씨름하기 시작한 모습을 시야에 단단히 담았다.

약 한 시간이 지났을 즈음에는 마히루의 눈앞에 김과 함께 그윽한 향기를 풍기는 접시들이 놓여 있었다.
소파에서 식탁인데도 정중한 에스코트를 받아 이동한 마히루는 아마네가 차린 요리에 눈을 연신 깜빡였다.
자극적이지 않은 따뜻한 걸 요청했으니까 죽이 나올 줄 알았는데, 물론 쌀은 썼지만, 국적이 다르다.
옴폭 들어간 그릇에 담긴 것은 걸쭉함이 느껴지는 흰색 리소토다. 냄새와 색으로 봐서는 크림 리소토겠지. 쌀만이 아니라 버섯과 시금치도 조금 첨가해서 갈색과 녹색 악센트가 가미되었다.
"두유 리소토라고 하는데 말이야. 일단 생쌀로 만들려고 노력해 봤어. 그리고 냉동실에 있는 버섯과 시금치를 썼는데, 그래도 되지?"
성장을 느끼게 하는 해설에 넋이 나간 마히루에게, 아마네는 "잘 만든다고 했잖아."라며 자신감이 확실하게 담긴 말을 덧붙였다.
못 믿었던 건 아니지만, 아마네의 레퍼토리에서 이런 게 나올 줄은 몰라서, 예상에서 너무 빗나가는 바람에 움직임이 정지하고 말았다.

"재료는 괜찮아요. 맛있어 보이네요."

"다행이야. 싫어하면 어쩌나 싶었어."

"아마네 군은 제가 가리는 음식이 거의 없다는 걸 알면서."

"그야 그렇지만. 기분이 내키지 않을 수도 있을 것 같아서."

"대충 부탁한 데다가 전부 맡겨서 만들게 하고 불평할 리가 없는데요……."

마음만으로도 기쁜데 정말로 준비해 주고, 더군다나 완전 꽝이라고 해도 될 만큼 요리할 줄 몰랐던 때부터 지켜본 노력의 성과를 선보인 것이다. 도저히 불평할 수 없다.

"용케 리소토를 하려고 생각했네요."

"식욕이 아예 없어 보이진 않았으니까. 인터넷을 조금 검색해 보고 정했어. 콩소메가 아니라 맑은장국을 쓰고, 된장을 넣어 봤어. 이게 더 따뜻해지는 맛이 아닐까 싶어서. 맛을 본 바로는 문제없었던 것 같은데……."

"아마네 군이 요리법에 손댄다는 개념을……."

"그렇게 감동하면 마음이 복잡해지지만. 나도 하면 됩니다."

아마네가 굳어 버린 마히루에게 조금 복잡한 심경으로 스푼을 가져오고, 마히루는 "고마워요."라고 미소를 지으며 받고서 다시금 갓 만든 리소토를 본다.

"먹어도 될까요?"

"응. 드세요."

조금 긴장했는지 눈치를 살피듯 보는 아마네에게 웃어 주고, 나지막하게 "잘 먹겠습니다."라고 말한 뒤 스푼으로 리소토를 뜬다.

막 해서 아직 뜨거운 걸 아니까 조금 불어서 살짝 식힌 다음에 입으로 가져가 보니 자극적이지 않으면서도 쌀의 딱딱함을 살려서 익힌 특유의 식감이다.

생쌀로 만든 덕분인지 보기보다 꼬들꼬들하고 진득함이 적으니까 입안에서 잘 풀어졌다.

입안에서 풀어진 순간에 확 퍼지는 버터와 담백한 두유의 향기. 그 맛의 중심에는 맑은장국이 수수하면서도 확실하게 있어서, 부드러운 맛을 낳고 있다.

아마네는 된장을 썼다고 했는데, 담백하면서도 확실하게 감칠맛이 나는 건 된장 덕분이리라. 희미해서 자기주장이 강하진 않지만, 은은하게 맛의 깊이를 내는 걸 보면 그야말로 숨겨진 맛이라고 해도 좋다.

조금 잘게 다진 버섯도 리소토에 감칠맛으로 녹아들었고, 전체적으로 순하면서 차분한, 몸에 좋고 안정감이 있는 맛으로 통일되었다.

"어때……?"

"맛있어요."

"겉치레는 몇 퍼센트?"

"겉치레를 섞었다고 단정하지 마세요. 아이참."

그야 맛있어서 경직하긴 했지만, 겉치레를 얼마나 넣어서 대답할지 머릿속으로 계산하느라 가만히 있었던 게 아니다.

애초에 자신들은 겉치레가 필요한 사이가 아니라는 눈빛으로 아마네를 보자 슬쩍 미안해하는 눈빛으로 반응했다.

"정말 맛있어요. 정성껏 만든 걸 알 수 있어요. 소재의 맛을 살린 자상한 맛이 나요."

"그렇다면 다행이야. 나도 먹어야지."

대놓고 진심으로 칭찬하니까 낯부끄러워진 듯한 아마네가 "잘 먹겠습니다."라고 후다닥 말하고는 리소토를 입으로 가져간다.

미리 맛을 봤다고 하니까 맛은 알고 있으리라. 마히루만큼의 감동은 없지만, 나름대로 만족한 듯이 눈에 미소를 띠었다.

"맛있긴 하지만, 역시 마히루가 요리한 것과 비교하면 아직 멀었는걸."

"왜 그걸 비교하는 걸까요. 그 이전에 10년 정도 요리한 저를 금방 따라잡으면 대단한 재능일 것 같은데요."

"그렇다면 평생 무리겠네."

급성장을 이루었다고는 해도, 조리 기술과 경험, 지식은 도저히 따라잡을 수 없다. 애초에 따라잡혀도 곤란하다고 생각했지만, 어차피 함께 요리하는 것은 달라지지 않는다는 생각에 이르고, 마히루는 조금이라도 자신을 의지하길 바란 속 좁은 자신을 부끄러워했다.

"그래도 맛있어요. 몸이 따뜻해지는 맛이에요. 차분해진다고 해야 할까요. 아마네 군의 자상함이 녹아들었어요."

"그런 게 맛이 될까?"

"미각은 정신에도 영향을 받으니까요. 진심이 듬뿍 담겨서 맛도 훨씬 좋아져요."

요리의 맛은 뭐든지 기량만으로 정해지는 게 아니다.

물론 맛이 기량에 좌우되는 건 당연하지만, 만드는 사람의 마음도 요리에 들어가는 법이다.

마히루로선 만든 사람의 노력과 배려를 아니까 더 맛있게 느끼는 거라고 여긴다.

"게다가 단순히 아마네 군이 요리를 잘하게 된 것도 있어요. 쌀의 식감도 딱 좋고, 맛도 부드럽게 조화를 이루고 있어요."

"칭찬해 주셔서 영광이옵니다."

"놀리는 건가요?"

"놀리는 거 아닙니다. 아니, 진짜로. 고마워서 그래."

"고마워할 사람은 저예요."

몸이 아픈 걸 알아주고, 배려해 주고, 기대게 해주고, 요리도 만들어 주었다.

아마네가 착하고 남을 배려할 줄 아니까, 마히루는 이렇게 호의를 받아들일 수 있었다.

더 뭘 바랄 수 있겠냐고 생각할 만큼 좋게 대우받은 몸으로서는 그저 감사할 수밖에 없다.

아마네는 실감하지 않겠지만, 다른 사람을 친절하게 대하는, 당연하면서도 당연하지 않은 일을 자연스럽게 할 수 있는 건 아마네의 큰 장점이다.

전혀 대수롭지도 않은 눈치로 마히루의 태도에 조금 의문을 드러내는 듯한 아마네를 바라보고, 마히루는 "그런 점이네요." 라고 작게 중얼거리고 스푼을 움직였다.

모두가 식사를 마치고 한숨 돌렸을 즈음, 뒷정리를 준비하려고 하는 아마네를 쳐다본다.

"다음부터는 이런 부담을 주지 않게 할게요."

이번에는 아마네가 배려해서 편했지만, 두 사람이 먹을 것을 준비하는 거니까 한 사람에게만 부담을 지워선 안 되겠지. 그렇게 생각하고 말했는데, 의아한 눈치인 아마네의 "왜?" 라는 발언으로 이번에는 마히루가 눈을 동그랗게 뜰 차례였다.

"네? 왜긴요. 아마네 군이 힘들잖아요?"

"전혀? 왜?"

아리송해하는 아마네가 조금 어리게 보이지만, 이어지는 말은 참으로 듬직했다.

"오히려 더 의지해 주면 좋겠어. 몸이 아픈데 참고 일하면 회복만 늦어질 것 같으니까, 쉬어 주는 게 나도 기쁘다고 할까."

"그, 그렇지만, 말이죠."

"애초에 이 정도는 부담도 아니야."

내가 그렇게 미덥지 않냐며 다소 못마땅한 기색을 보이는 아마네를 똑바로 보지 못해서, 마히루는 시선을 내렸다.

"그런 식으로 말하면 가리지 않고 시킬 거예요."

"얼마든지 시켜. 자, 얼른 앉아. 난 설거지하고 올 테니까 맡겨 두라고."

"네……."

전혀 부담으로 여기지 않는 듯한 아마네가 웃으며 "응, 잘했어."라며 머리를 쓰다듬어서, 무심코 아마네를 멍하니 본다.

(좋아.)

자상하고, 배려해 주고, 노력을 아끼지 않고, 믿음직한 사람.

마히루가 불편해하지 않도록 자진해서 나선 것처럼 말한 아마네의 자상함은 금방 알아차리지 못할 만큼 신경을 쓴 것이다.

마히루가 순순히 의지할 수 없는 걸 알고서 이렇게 말하는 거니까, 아마네는 마히루를 잘 이해하고서 말한 거겠지.

이런 사람이 이상적인 남편이겠다고, 무심코 망상하고 만다.

아마네의 어른스러운 웃음을 멍하니 바라보는 마히루에게, 아마네는 눈썹을 모았다가 숙였다.

"사실은 몸 상태가 많이 안 좋아? 먼저 집에 가서 잘래?"

마히루가 멍한 표정을 지은 것이 아마네의 머릿속에서 몸이 아프다는 뜻으로 직결한 듯해서, 불필요한 걱정을 끼치고 만 마히루가 허둥지둥 고개를 흔들었다.

"아, 아니에요! 저기…… 우, 웃지 않을 거죠?"

"뭔데?"

"아마네 군은, 좋은 남편이 될 것 같아서요."

스스로 생각해도 뜬금없고 어울리지도 않은 발언이라서 부끄러운데, 아마네는 질색하지도 않고 그저 놀라움과 약간의 부끄러움을 드러내고 있었다.

“트, 특별한 의미는 아니고요?! 저기, 이렇게 걱정해 주고, 솔선해서 움직여 주고, 지켜봐 주는 걸 느끼고, 그렇게 생각했다고 할까요.”

뭘 말해도 변명처럼 들리는 건, 자기 마음을 이해하고 있기 때문이리라.

좋아한다는 마음을 제어할 수 없고, 잘 생각해 보지도 않고 터무니없는 소리를 했으니까, 역시 이 시기는 정서가 불안정함을 통감했다.

제멋대로 열기를 띠기 시작한 뺨을 어떻게든 가라앉히려고 하지만, 아마네가 본다고 생각하기만 해도 기쁨과 부끄러움에 연료를 추가한 것처럼 활활 타오른다.

더 버티지 못하고 “으으.” 하고 인생에서 세 손가락에 꼽힐 정도로 한심하기 짝이 없는 소리를 내고 고개를 푹 숙인 마히루에게, 아마네 역시 성대하게 허둥대고 있었다.

“그, 그렇게 생각해 주시면, 고맙습, 니다. 그, 그래도, 이 정도는, 보통이거든? 자자, 쉬어, 쉬어.”

약간 서둘러서 말을 더듬으며 마히루에게 말을 건 아마네는, 아주 잽싸게 쟁반에 식기를 올리고 주방으로 도망치고 말았다.

마히루는 고개를 들지 못하고 푹 숙인 채로 몸을 움츠릴 수밖에 없었다.

몸에서 통증이 완전히 사라진 대신 원래부터 있었던 열이 좀처럼 사그라지지 않는 불길로 변하는 바람에, 그 열량을 누그러뜨리는 데 상당히 오랜 시간이 필요하게 되었다.

## 앞으로 걸어갈 미래

마히루가 처음으로 명확한 적대의 대상이 된 건, 나이가 두 자릿수에 돌입했을 때였다.

"시이나 양은 치사해."

학교를 마치고 귀가하는 길. 반 아이와 단둘이 되었을 때 갑자기 그런 말이 나왔다.

평소에는 교류하는 다른 친구와 귀가하지만, 오늘은 다른 사람과 약속이 있다고 해서 방향이 같다는 이유로 어쩌다가 별로 교류가 없는 같은 반 소녀와 귀갓길에 올랐다.

기본적으로 누구하고도 탈 없이 교류하는 마히루인지라 그 소녀와 이야기하는 것도 불편하지 않았다. 그렇게 무난하게 대화하면서 귀가하는 길에 갑자기 튀어나온 말이다. 놀라는 건 당연했다.

"치사하다, 고요? 뭐가요?"

구체적으로 뭐가 그렇다고 말하지 않은 탓에 치사하다는 말의 의미를 짐작할 수 없어서 머릿속으로 물음표를 띄우며 그 아이의 말을 기다리는데, 소녀는 그걸 여유로 받아들였는지 매섭게 노려본다.

© Hanekoto

평소에는 굳이 말하자면 얌전한 소녀가 이토록 적의를 드러내는 건 정말이지 예상하지 못해서, 마히루로선 곤혹스러울 수밖에 없다.

애초에 마히루는 학교에서 착한 아이처럼 군다는 걸 자각하고 있다. 누군가를 따돌린 적도 없고, 언제나 얼굴에서 웃음을 지우지 않도록 해서 남들에게 잘 보이게 지내고 있다.

적극적으로 접촉하려고 하지 않는 이 소녀에게도 태도가 달라지지 않았고, 굳이 말하자면 아이들 사이에서 밀려나기 일쑤인 소녀를 은근슬쩍 유도해서 따돌림당하지 않도록 배려하고 있었다.

그게 싫다면 화내는 것도 이해할 수 있는데, 소녀가 한 말은 '치사하다' 이니까, 마히루의 대응에 관해서는 악감정이 없어 보이는 것이다.

전혀 짚이는 바가 없어서 모른다고 대답할 수밖에 없는 마히루에게 분통이 터졌는지, 소녀는 눈꼬리를 알기 쉽게 곤두세우며 입술을 떨고 말을 자아낸다.

"스즈키 군이 좋아하잖아."

토라졌다고 보기에는 너무 가시가 돋친 말투이지만, 그것으로 소녀가 무엇에 불만이 있는지는 이해했다.

다만 마히루는 왜 치사한 건지는 이해할 수 없었다.

소녀가 말한 스즈키는 같은 반 남자애를 가리키는 것이리라. 최근에 마히루와 엮인 스즈키는 그 아이밖에 없다.

물론 스즈키가 말을 걸거나 장난을 친 적도 있지만, 마히루에게는 그게 전부다. 하지만 소녀는 별다른 반응이 없는 마히루의 태도에 분노가 더욱 커지고 있었다.

"항상 말을 걸고, 같이 놀자고 하고, 웃어 주잖아!"

말을 거는 건 단순히 그 소년이 무드 메이커에 남자애들의 중심이고, 마히루는 마히루대로 여자애들의 중심에 있으니까 이래저래 이야기할 기회가 생기기 때문이다.

말을 걸거나 놀자고 하는 건 사실이고, 스즈키는 항상 웃는 성격이어서 웃어 준다는 말도 틀리지 않지만, 일률적으로 대응하는 마히루로선 이 정도로 공격당해도 곤란하다는 감상밖에 없었다.

"스즈키 군은 내가 먼저 좋아했어! 빼앗지 말아 주겠어?!"

"그럴 마음은 없어요."

애초에 자기 것도 아니라고 덧붙이고 싶었지만, 지금의 소녀는 듣지도 않을 게 뻔하므로 짤막하게 끝낸다.

"그러면 왜 스즈키 군하고 이야기하는데? 좋아하지 않으면 그만둬."

"급우보다 우선해서 이야기한 적은 없는데요."

"거짓말쟁이!"

거짓말이고 나발이고, 마히루에게는 사실이다. 하지만 소녀가 본 마히루는 그렇지 않은 거겠지.

어떻게 설명해도 납득해 주지 않을 것 같아서, 마히루는 정말 난처했다.

마히루에게 스즈키는 단순한 급우이며, 이성에게 주는 호의는 하나도 없다. 더 말하자면 거북한 타입이다.

착한 아이처럼 굴고 밝고 친근한 여자애를 연기하긴 하지만, 원래의 마히루는 얌전히 있고 싶고, 자기 페이스를 흐트러뜨리지 않고 싶은 타입이다.

그 소년은 밝고 친근하며, 친근하기 때문에 거리감이 가깝다.

별로 친하지도 않은데 오랫동안 친한 것처럼 다가와서 말해도 기분이 좋지 않고, 그것도 모르고 자꾸 들이대는 사람을, 마히루는 좋아할 수 없다.

누구에게나 가깝고 적극적인 소년과 이를 무난하게 대하는 마히루를 보면 이 소녀가 착각하는 것도 어쩔 수 없을지 모른다. 마히루는 기억을 되짚어 보고 조금 반성했다.

하지만 역시 좋아하는 태도는 전혀 보인 적이 없다고 생각하니까, 조금 어이없게 느낀 건 어쩔 수 없겠지.

"아무튼, 스즈키 군이랑 친하게 지내지 마."

"그래요. 그걸로 이노우에 양이 좋다면."

어째서인지 명령받았는데, 그 소년과 딱히 이야기하고 싶은 마음은 없었고, 평범한 급우로서 무난한 거리를 유지하며 접하기만 해도 딱히 곤란하지 않으니까 순순히 받아들였다.

소녀는 그것으로 만족한 듯, "흥!" 하고 콧소리를 내고는 더는 볼일이 없다는 것처럼 몸을 부딪치듯 마히루를 밀치고서 뛰어가 버렸다.

멍하니 있는 마히루는 책가방을 흔들며 뛰어가는 소녀의 등을 지켜보고, "굉장했어."라고 불쑥 감상을 중얼거렸다.

별로 교류한 적이 없는 아이인데, 얌전한 줄 알았더니 의외로 기가 센 아이였나 보다.

의외였던 소녀의 평가를 고치고, 마히루는 평소와 변함없는 걸음걸이로 귀갓길에 올랐다.

"아가씨, 좋아하는 상대를 빼앗길 것 같으면 사나워지는 일도 있답니다. 젊을 때는 특히나."

사랑해 본 적이 없는 마히루는 소녀의 마음을 잘 이해할 수 없어서 집안일을 하러 온 코유키에게 하굣길에 있었던 일을 말했는데, 코유키는 쓴웃음과 함께 자상하게 대꾸해 주었다.

나무라는 것과는 다른, 부드럽게 타이르는 듯한 말투를 듣고, 마히루는 더더욱 이해할 수 없었다.

왜 사랑하면 사나워지는지 좀처럼 알 수 없다. 남을 공격해서 어쩌냐는 생각도 든다.

"빼앗길 것 같다뇨? 딱히 필요 없는데요."

"아가씨는 신랄하군요."

실제로 필요하지 않으니까 어쩔 수 없다며 코유키를 보지만, 여전히 쓴웃음만 짓는다.

"사랑을 하면 말이죠. 좋아하는 사람이 다른 사람의 것이 되지 않을까 무서워지는 거예요. 자기가 원하는 걸 눈앞에서 빼앗긴다고 불안해져서, 빼앗을지도 모르는 상대에게 물러나라고 주장하는 셈이죠."

"견제한다는 건가요?"

"그런 셈이에요."

그렇다면 소녀의 행동 원리도 알겠지만, 더 이해할 수 없게 된 부분도 있다.

"하지만 스즈키 씨는 원래부터 그 아이의 것도 아닐 텐데요. 빼앗지 말라는 말을 고른 이유를 알 수 없어요. 언제부터 그 아이가 그런 말을 할 권리가 생긴 걸까요?"

소녀는 마치 스즈키가 자기 것이라는 듯이 말했으니까, 그게 신기했다.

애초에 그 소녀와 스즈키는 접점이 별로 없었던 듯한데…… 라고 기억을 더듬어 보지만, 역시 그 소녀가 스즈키에게 접근한 기억은 없다. 머뭇거리며 말을 거는 것을 본 적은 있지만, 그게 전부다.

"모두가 아가씨처럼 사실과 감정을 나눠서 생각하는 게 아니에요. 아가씨도 언젠가 그 감정을 이해할지도 모르니까, 너무 나쁘게 말하면 못씁니다. 그리고 필요 없다고 했다간 반감을 살 테니까 가슴속에만 묻어두세요."

"이유가 뭐죠?"

"'내가 원하는 게 필요 없다니 무슨 소리야? 그딴 걸 원하냐고 말하고 싶은 거야? 나를 무시하는 거야?' 라는 마음이 되기 때문이죠."

"자기가 빼앗지 말라고 했으면서, 필요 없다는 소리를 들었다고 화내는 건 이상하네요."

"그게 사람이니까 말이죠."

코유키는 마히루보다도 인생 경험이 압도적으로 풍부하니까 코유키가 그렇다면 그런 거겠지. 마히루는 그렇게 납득하면서도 역시 감정에 너무 휘둘리는 사람과는 엮이고 싶지 않다는 마음이 생겼다.

"빼앗기기 싫다는 감정과 그걸 상대에게 전하는 건 다른 거랍니다. 아가씨는, 알겠죠?"

"네."

"좋아요. 아가씨도 좋아하는 사람이 생기면 알 거예요. 좋아하는 사람이 다른 여자를 볼 때의 불안을."

"좋아하는 사람……."

코유키가 말해도 마히루는 감이 오지 않았다.

마히루가 구축한 인간관계에서 가장 좋아하는 사람은 코유키지만, 그건 연애 감정이란 의미에서 좋아하는 게 아니고, 코유키를 향한 호감을 넘어서는 감정을 남자에게 느끼리라곤 생각하지 않았다.

흔히 여자가 정신적으로 성장이 빠르다는 내용을 쓴 서적을 볼 때가 있는데, 실제로 마히루가 생각하는 같은 반 남자애들은 모두 어린애처럼 보인다. 딱히 무시하는 건 아니지만, 너무 감정적이고 충동적으로 행동할 때가 많아서 대하다 보면 피곤해진다.

원래부터 마히루도 자신이 나이에 맞지 않게 조숙한 걸 아니까 차이를 더 느끼고 친해지기 어려운 감각이 있었다. 대화가 통하지 않는다고 하면 될까.

그러므로 자신에게 좋아하는 사람이 생긴다는 것을 잘 상상할 수 없었지만, 어른이 되면 생길지도 모르니까 코유키가 경고한 점은 조심할 작정이다.

"만약 좋아하는 사람이 생겨도, 다른 사람을 공격하지 않게 되고 싶어요."

"그래요. 게다가 만약 좋아하는 사람에게 다른 사람을 공격하는 모습을 보이면 그 사람과 친해지기 어려울지도 몰라요."

"어려워요."

"만약 아가씨를 좋아한다고 말해주는 사람이 있고, 그 사람이 아가씨와 친하게 지내는 사람을 감정적으로 공격하면, 아가씨는 어떻게 할 건가요?"

"그 사람과 멀어질래요."

아무리 생각해도 친해지지 않는 게 좋은 타입이라고, 마히루라도 알 수 있다.

"그렇겠죠. 무서우니까요."

"네."

남이 소중히 여기는 걸 소중히 여길 수 없는 사람이 자신을 소중히 여길 것으론 생각할 수 없다.

이기적인 '소중함'을 강요해서 상처를 줄 것이 안 봐도 뻔하니까, 마히루도 그런 사람과는 친해지고 싶지 않았다.

그걸 생각하면 스즈키가 정말로 마히루를 좋아하는지 어떤지는 무시하더라도, 좋아하는 상대를 공격한 그 소녀는 마히루에게 해로운 사람이리라.

치사하다는 질투의 감정으로 사나워진 소녀의 이유는 이해했으니까 마히루로선 화나지 않지만, 왜 그 감정을 정당하게 살리지 못하는지 생각한다.

"신기한데요. 왜 치사하다고 말하기만 하고, 좋아하는 사람이 좋아해 주도록 노력하지 않는 거죠? 치사하다고 말하면 좋아해 준다고 생각하는 걸까요?"

마히루를 치사하게 여긴다면 마히루 정도가 되면 괜찮지 않을까. 좋아해 주도록 노력해야 하지 않을까.

노력하지 않았다고 단언할 수 없지만, 마히루가 봤을 때 좋아해 주도록 하려는 어필은 거의 없었다. 적극적으로 말을 걸러 간 적은 없고, 스즈키가 좋아하는 것을 이해하려고 하는 것 같지도 않았다.

그런데도 좋아해 주길 바라는 건, 연애 감정을 이해하지 못하는 마히루에게도 어려워 보였다.

"음. 아가씨는 그 말을 다른 사람에게 하면 안 돼요."

"네. 코유키 씨라서 말했어요."

아무리 마히루라도 지금껏 살면서 뭘 말하면 사람들에게 배척받는지는 잘 알았고, 착한 아이로 행동하기 위해서라도 다른 사람의 신경을 최대한 건드리지 않으려고 했다.

아까의 의문을 본인에게 물어보면 안 되는 걸 알지만, '어째서?' 라는 의문은 혼자서 해결할 수 없으니까 어른이고 신뢰하는 사이인 코유키에게만 물어본 것이다.

마히루에게 노력은 당연한 것이고, 노력하는 과정에서 힘든 일은 있어도 노력하는 것 자체는 힘들지 않았다.

노력하면 어지간히 힘든 조건이 아닌 이상 원하는 목표를 달성할 수 있다고 여겼다.

그렇기에 신기한 것이다.

물론 인간관계니까 손에 넣을 수 있을지는 둘째 치고, 애초에 노력하지 않으면 상대가 보지도 않는데, 왜 그 노력을 게을리하는지.

원한다고 말하기만 하면 손에 넣을 수 있는 건지.

그리고 아주 조금── 마히루가 간절히 원하고 아무리 애써도 손에 넣을 수 없었던 애정을, 노력도 하지 않고 받았으면서, 왜 그보다 더한 걸 바라기만 하고, 노력하지도 않고 얻을 수 있다고 여기는지.

그렇게 생각하고 마는 것이다.

그런 마히루의 복잡한 마음속을 아는지 모르는지, 코유키는 조용히 미소를 짓고 마히루와 눈을 마주치듯이 천천히 몸을 숙여서 얼굴을 바라본다.

"아가씨는 당연한 것처럼 노력하니까 모를 수도 있겠군요."

그 목소리에 희미하게나마 불쌍히 여기는 느낌으로 씁쓸한 것이 섞인 것은 마히루도 알 수 있었다.

"이루어질지 어떨지도 모르는 소원을 위해서 아무리 힘들어도 노력할 수 있는 사람은, 아가씨가 생각하는 것보다 훨씬 적어요. 노력할 수 있는 것도 재능이죠."

"재능……."

"사람은 아무것도 안 하고도 좋은 일이 생기지 않을까 하고, 쉽게…… 편리한 쪽으로 휩쓸리는 법이랍니다."

"그렇게 쉬운 일이 있나요?"

"음. 그렇군요. 어쩌면 정말로 좋은 일이 생길 수도 있답니다. 문제는 그다음에 어떻게 되는가죠. 사람은 거저 들어온 행운이 계속된다고 착각하는 법이에요. 그때는 그랬으니까 다음에도 그렇게 될 거라고…… 행운에 한 번 맛을 들이고, 한 번뿐인 행운을 찾아서 노력하지 않게 된 결과, 아무것도 얻지 못하고 시간만 낭비해서 원하는 걸 영원히 얻을 수 없게 되는 일도 있을 수 있죠."

어디선가 들은 적이 있는 동화 같은 그건, 어째서인지 실제 경험에 따른 것처럼 들렸다.

부드럽게 교훈을 말하는 듯하면서도 예리한 말을 조용히 듣던 마히루에게 코유키가 싱긋 웃는다.

"이야기가 어긋났는데, 아가씨는 끝없이 노력할 수 있는 사람이에요. 그건 훌륭한 점이라고 생각하고, 자랑해야 마땅할 장점이죠."

그 노력을 다른 사람에게 요구하면 안 된다고 덧붙이면서, 코유키는 마히루의 손을 잡는다.

마히루도 성장했다고는 하나 어른의 손은 커서, 쏙 감싸였다.

그게 싫지 않고 오히려 기쁘게 느끼는 건, 아무도 진정한 의미로 마히루에게 손을 내밀어 주지 않으니까. 마히루의 진짜 감정을 아는 코유키만이 접촉해서 마음이 편해지는 상대였다.

"아가씨는 좋아하는 사람이 생겼을 때 좋아해 주도록 노력해야 해요. 아가씨의 눈에 든 상대는 아마도 무척 멋진 사람일 테니까요. 좋은 사람은 다른 사람도 노린답니다. 자기 손으로 붙잡지 않으면 손에 닿지 않을지도 몰라요. 그러면 싫겠죠?"

"네……."

그렇게 고개를 끄덕이긴 했지만, 도무지 상상할 수 없다.

자신의 옆에 누군가 좋아하는 사람이 있다는 것을, 마히루는 상상할 수 없었다.

애초에 다른 사람이 자신을 사랑해 준 적이 없으니까 그런 광경을 모른다는 게 정확하다.

"하지만 좋아하는 사람이 생겼을 때의 이야기죠? 생길 것 같지 않아요."

"아가씨의 이상형은 어떤 사람이죠?"

"같이, 가족이 되어 줄 사람이요……."

입 밖으로 나온 말에 코유키가 표정을 흐려서, 말하지 말 걸 그랬다고 후회했다.

마히루도 그렇지만, 누구보다 코유키가 제일 마히루의 부모를 신경 써 주어서, 가족이란 말에 민감해진 것이다.

이미 마히루는 거의 포기했다. 아무리 원해도, 눈물이 마를 정도로 외쳐도, 매달려도, 두 사람이 마히루에게 관심을 주지 않는다는 건 알았다.

그렇기에 만약, 만약에── 자신이 다른 사람을 좋아하게 된다면, 서로 사랑하고, 가족으로서 지낼 사람이 좋았다.

"멋진 사람과 맺어지면 결과적으로 가정이 생기는 법이에요. 그 전에, 사귀는 동안에 바라는 건 있나요?"

"제 이야기를 잘 들어주고, 같이 있어 주고, 같이 있으면 마음이 편해지는 사람이 좋아요. 모르면 같이 생각해 주고, 힘들면 곁에서 기다려 주는 사람이, 좋아요."

다른 사람을 좋아하게 되는 건 상상할 수 없지만.

좋아하게 된다면, 분명 그런 사람일 것이다.

마히루의 말을 잘 들어주고, 곁에 있어 주고, 소중히 여겨 주는, 그런 사람.

(좋아해 줄까……?)

자신도 잘 알지만, 마히루는 근본부터 귀여운 구석이 없는 사람이다.

착한 아이로 행동하는 모습을 좋아하는 건 이해하지만, 전부 걷어낸 마히루를 좋아해 주는 사람은 상상할 수 없었다.

애초에 현시점에서 자신이 다른 사람을 좋아할 기미가 없으므로, 역시 실감이 날 리가 없다.

있으면 좋다는 정도의 작은 희망을 품는 게 좋겠지. 그렇게 생각하면서 손을 잡은 코유키를 쳐다보자 코유키가 손에 힘을 살짝 주었다.

"아가씨한테도, 좋은 사람과의 만남이, 있을 거예요."

"네……."

"나쁜 남자에게 낚이면 안 돼요. 당신을 쓰다 버리는 물건으로 보는 사람도, 당신을 대등하게 보지 않는 사람도, 당신을 이런 사람이라고 단정하는 사람도, 안 돼요. 당신의 있는 그대로를 보고, 당신의 노력을 보고, 당신을 인정하고, 당신을 있는 그대로 받아들여 주는, 성실하고 마음씨 착한 사람을 찾으세요. 저는…… 아가씨 곁에 영원히 있을 수 없으니까요. 아가씨를, 행복하게 해줄 사람을 찾기를 빌 수밖에 없답니다."

마지막으로 목이 잠긴 투로 덧붙인 말에, 어째서 코유키가 이토록 단단히 당부하는지를 이해하고 말았다.

코유키는 영원히 마히루의 곁에 있을 수 없는 것이다.

코유키는 마히루의 어머니가 아니다. 고용된 가정부이며, 완전한 타인이다. 무언가의 변덕으로 부모가 해고하면, 그걸로 인연이 끊기는 연약한 관계인 것이다.

코유키는 이렇게 어머니 같은 역할인데도 결코 어머니처럼 굴지 않는다. 마히루를 '아가씨' 로 불러서 선을 긋듯이 행동하는 건, 마히루가 섣불리 기대하지 않게 하기 위한 것이기도 하리라.

뭘 어떻게 해도, 코유키는 마히루의 어머니가 될 수 없으니까.

그걸 멀찍이서, 그러면서도 직접적으로 들이대는 바람에 입술을 질끈 문 마히루에게, 코유키는 다시 손을 잡아 주었다.

깊이 스며드는 그 온기는 손에서부터 전해져 마히루의 눈시울에 머물고 열기를 띠었다.

"아가씨를 행복하게 해줄 사람이 선택할 수 있도록, 노력을 소홀히 해선 안 돼요. 어쩌면 여러 사람이 다가올지도 모르죠. 당신을 이용하려는 사람, 당신을 욕보이고 싶은 사람도 나타날 테지요. 그래도 당신이 갈고닦은 가치는 변하지 않아요. 외모만이 아니라, 능력만이 아니라, 당신만을 좋아해 주는 사람이 분명 나타날 거니까요."

어머니는 아니지만, 누구보다도 마히루를 생각해서 장래를 걱정하고, 밝은 미래를 걸을 수 있도록 자상하게 이끌어 주고자 말을 자아내는 코유키에게, 마히루는 가슴이 옥죄이는 느낌이 들면서도 작게 끄덕이고, 고개를 숙였다.

"그 덕분이라고 할까요. 나쁜 남자에게 낚이진 않았어요."

조금 누레진 듯, 빛바랜 듯한 페이지를 보던 마히루는 이러니 저러니 해도 코유키의 교육은 올발랐고, 자신의 이상도 틀리지 않았음을 절실히 느끼며 펼친 페이지를 일기장째로 덮었다.

탁, 하고 공기가 눌리고 종이가 부딪치는 소리가 나지만, 마히루는 아랑곳하지 않고 일기장을 덮고 일어나 눈앞에 있는 테이블에 둔 다음 다시 자리로 돌아온다.

주저하지 않고 뒤에 체중을 싣고 몸을 젖혀서 올려다보자 소파 대신이 된 아마네와 눈이 마주친다.

다리 사이에 앉는 것도 어지간히 익숙해졌고, 마히루도 다소 부끄럽긴 해도 그냥 옆에 앉는 것보다 더 밀착할 수 있다며 속으로 기뻐하며 아마네 의자를 활용하는데, 당사자인 아마네는 미묘하게 눈썹이 처져 있었다.

조금 전까지 밀착하고 있었으니까 이 자세가 불만인 건 아닐 텐데, 대체 무슨 일이 있었던 걸까…… 하고 눈을 쳐다보자, 아마네가 시무룩한 투로 "혹시 내가 혼나는 분위기야?"라고 중얼거린다.

그제야 아까 한 혼잣말을 착각했음을 깨닫고, 끌어안을지 말지 고민하는 아마네의 팔을 자기에게 끌어당기며 황급히 고개를 저었다.

"오해예요, 오해. 일기를 보다가 나쁜 남자에게 낚이면 안 된다고 한 코유키 씨의 말을 떠올린 거예요."

조금 전까지 마히루는 아마네의 다리 사이에서 일기를 되짚어보고 있었다.

아마네는 위치상 내용을 볼 수 있었지만, 사생활을 존중해서인지 보려고 하지 않았다. 그래서 마히루가 이런 일도 있었다며 일기를 보면서 아마네에게 말한 것이다.

이런 일도 있었구나, 그립겠구나 하고 둘이서 웃으며 그때 있었던 일을 떠올리고 있었는데, 아무리 그래도 마히루의 어린 시절 일은 반응할 수 없을 것 같아서, 어린 시절의 일기를 보는 동안에는 마히루도 조용히 읽기만 했다.

그 탓에 무심코 흘러나온 혼잣말을, 비난으로 착각한 듯하다.

"뭐야. 그런 거였어? 갑자기 의미심장하게 말하니까."

"오해하게 해서 미안해요. 그리운 나머지 무심코 말하는 바람에……."

"응. 괜찮아. 나도 멋대로 착각했으니까."

"아마네 군은 나쁜 남자가 아니거든요?"

"한심한 사람이긴 하지만."

"아이참."

슬쩍 놀리는 듯한 목소리에 마히루는 가볍게 혼내는 투로 대답한다.

"아마네 군은 지금에 와서는 자칭이니까요."

"그럴까?"

"아마네 군의 어딜 봐서 한심하다고 단언할 수 있나요? 똑똑하고, 집안일도 다 할 줄 알고, 배려도 잘하고, 마음씨 착하고 성실하고 온화한 사람은 좀처럼 없어요."

"내 스펙을 너무 부풀린 거 아니야? 괜찮아?"

"괜찮아요. 기본 스펙이 맞아요."

"그렇다면 필터가 걸린 거네."

"그런 적 없다니까요. 아이참."

어째서인지 솔직하게 칭찬받아 주지 않는 아마네에게 질리면서, 아마네의 마음도 모를 바는 아니니까 칭찬 공세는 자제하기로 했다.

본인이 봤을 때는 아직 부족하겠지만, 마히루가 보면 이미 충분히, 아니 그 이상으로 잘하게 되었다.

적어도 또래 남자와는 비교해선 안 될 정도로는 집안일을 전체적으로 할 수 있게 되었다.

그런데도 본인은 아직 납득할 수 없다니까 향상심을 칭찬해야 하겠지만, 자기 평가는 똑바로 해주길 바란다.

"아마네 군은 이미 어엿하게 자립한 남자예요. 오히려 하루 정도는 망가지고 타락해 줘야 응석을 받는 보람이 있는데요."

"그만해 주시죠. 사람을 타락시키지 마십시오. 내가 마히루를 타락시키고 싶어."

"그랬다간 제가 남들에게 보여줄 수 없는 모습이 되잖아요."

"지금 시점에서도 어지간히 보여줄 수 없다고 보는데."

마히루는 웃으면서 마히루의 배에 팔을 두르는 아마네에게 핀잔을 주었다.

지금은 아마네의 다리 사이에 앉아 그 몸을 등받이로 삼고 편하게 지내는 상태다. 밖에서의 마히루를 생각하면 말도 안 되게 늘어진 자세이자, 응석을 부리는 모습이다. 얼핏 보면 아마네가 타락시켰다고 해도 과언이 아니다.

아마네는 아마네대로 마히루가 응석을 부리는 것이 오히려 기뻐서 마음대로 하게 내버려두고, 자진해서 응석을 받아주려고도 하니까, 이 상태는 오히려 환영하는 듯, 즐거워하고 있다.

"지금보다 더, 말이에요."

"나는 꼭 그래 줬으면 좋겠는데 말이야. 서로 존중하고 대등하게 있고 싶지만, 그것과 상관없이 응석을 받아주고 싶고, 귀여워하고 싶어."

그렇게 스며들 것처럼 부드러운 목소리로 속삭이며 마히루의 뒤통수에 입술을 대는 아마네를 보고 누가 이런 식으로 아마네를 무자각 난봉꾼으로 만들었는지 소리치고 싶어졌지만, 분명 아마네의 부모님과 마히루의 탓이 될 것 같으니까 깊이 생각하는 걸 그만뒀다.

마히루도 사귄 지 몇 달이 된 지금, 자신의 행동이 아마네의 애정 공세를 만들었다고 깨달았으니까 차마 따질 수 없었다. 애초에 아마네가 귀여워하고 애정을 쏟아붓는 행위가 싫지는 않으므로, 마히루는 부끄러움에 신음하면서 아마네가 하고 싶은 대로 내버려뒀다.

귀여워한다고 해도 신중하고 부끄럼쟁이인 부분은 여전한 아마네는 마히루의 머리에 입을 맞추고 부드럽게 감싸듯 끌어안는 선에서 그치고 있다.

아마네는 마히루가 싫어하는 행위를 하고 싶지 않다는 신조가 있으니까 말은 세게 하면서도 실제로는 몹시 소극적일 때가 자주 있다.

그런데도 오늘은 마히루를 듬뿍 귀여워하고 싶은 듯, 얌전해진 마히루를 감싸고 놓지 않았다.

"나중에 코유키 씨에게 보고해야겠네요."

좋아하는 사람이 생기고, 사귀고, 이토록 소중히 여겨지고 있다고, 마히루를 제일 걱정했던 사람에게 전하고 싶어지는 건 당연하다.

"교제를 시작했다고?"

"네. 제가 이상적인 파트너를 붙잡았다고요."

"이상적인 파트너? 내가?"

"저를 사랑해 주는 건 당연한 조건이지만…… 저를 인간적으로 존중하고 소중히 여기는 사람, 저를 저로서 받아들여 주는 사람이 좋다고, 쭉 생각했으니까요."

즉, 마히루를 인간적으로 존중하고 사랑해 주는 사람이 이상형인데, 아마네는 더없이 딱 들어맞을 것이리라.

이만큼 마히루를 소중히 여기고, 마히루를 알고, 마히루의 선택을 지켜봐 주면서 깊이 사랑해 줄 사람은 두 번 다시 나타나지 않으리라고 단언할 수 있다. 아마네는 마히루에게 이해자이자 빛과도 같은 존재였다.

"마히루 님의 눈에 들어서 영광입니다."

"오히려 제가 아마네 군의 눈에 든 게 놀랍지만요. 아무리 생각해도 저는 성가신 사람인데요."

"자기를 너무 가볍게 여기잖아, 마히루."

"그야."

물론 자타 공인으로 능력이 빼어난 건 사실이지만, 본인은 성격에 조금 문제가 있다고 생각한다.

천사의 탈을 쓰면서 내용물은 신랄. 그런 주제에 외로움과 불안에 시달리는, 누군가를 원하는 주제에 자신의 안쪽에 다른 사람을 한사코 들이려고 하지 않았던 모순의 결정체. 그것이 시이나 마히루다.

아마네는 그 단단한 보호막을 지나 안쪽에 웅크려 있던 어린아이의 손을 잡았다.

벽을 부순 것도 아니고, 틈새를 빠져나간 것도 아니라, 정면에서 문을 두드려서, 똑바로 말을 걸어서.

시간을 들여 마히루가 먼저 손을 내밀기를 기다려 주었다.

아마네 본인은 모르겠지만, 그 진지하고 성실한 인격은 좀처럼 얻기 어렵다.

(정말이지, 본인은 모르는군요.)

보는 방향에 따라서는 소심하다는 소리를 들을 테고, 적극성이 부족하다고 판단될지도 모르지만, 마히루는 그걸 아마네의 멋진 점으로 여긴다.

그것과 상관없이 소심한 부분이 있는 건 부정할 수 없고, 답답했던 적도 종종 있었지만.

"나는, 마히루보다 좋은 사람과 만날 수 없을 것 같으니까."

"어머, 타협인가요?"

"아닌 걸 알잖아. 애초에 마히루 말고는 안 봐."

"네……."

말하지 않아도 아마네가 마히루만 보는 건 잘 알아서 무심코 웃고 말지만, 이걸 놀리는 것으로 받아들인 아마네가 조금 토라진 표정을 짓는다.

"왜 웃는데."

"아뇨. 새삼 행복하다고 생각했다고 할까요."

가장 사랑하는 사람에게 사랑받는 걸 실감하고 행복하지 않은 사람은 없으리라.

"마히루는 지금, 행복해?"

"네. 행복해요. 이 얼굴을 봐도 모르겠어요?"

천사님도 뭐도 아닌, 평범한 마히루는, 몹시 알기 쉬운 사람이라고 본다. 아마네의 말과 행동에 희로애락을 드러내는, 평범한 여자애니까.

품에서 아마네를 쳐다보자 아마네는 완전히 풀어진 마히루의 표정을 보고 마음이 놓인 듯 눈꼬리를 내리고 희미하게 웃는다.

"응. 좋았어."

진심으로 기쁜 듯이 속삭이니까 덩달아 쑥스러워져서 끌어안은 팔을 손으로 쭉 잡아당기자, 일부러 그러지 않아도 된다는 것처럼 아마네의 포옹이 부드럽고 단단해진다.

"더 행복해지기 위해서라도, 더 많이 노력할 거니까. 부족하거나 못 미치는 부분이 있으면 꼭 말해."

"그러네요. 가끔 저만 생각해서 자기를 뒷전으로 하는 점은 정말로 틀려먹은 부분이에요."

아마네의 결점은 마히루를 위해서라며 자기를 소홀히 하기 일쑤인 점이다.

아마네가 손해를 보면서까지 우선해 줘도 기쁘지 않고, 그런 게 마히루의 행복이 아니라는 사실을, 아마네는 너무 열성인 나머지 놓칠 때가 있다.

그런 부분은 지적해서 타이르지 않으면, 나중에 서로에게 좋지 않은 일이 생기는 계기가 되리라.

"그, 그렇지는 않다고 할까…… 나로선 마히루의 행복이 내 행복으로 이어진다고 할까. 마히루가 웃어 주면 나도 기쁘니까."

"아마네 군은 참 바보네요."

"왜 그렇게 말하는 건데……."

"그야 저도 그렇다는 걸 알잖아요?"

총명한 아마네라면 마히루가 하고픈 말을 이해해 주리라. 서로 닮은꼴이니까.

곧바로 깨달아 준 아마네는 알아보기 쉽게 풀이 죽어 눈썹이 처져서 "미안해……."라고 사과하니까, 이렇게 솔직한 점도 좋아한다고 절실히 느껴져 미소를 짓는다.

"잘했어요. 전에도 말했을 건데요? 저는 아마네 군을 정말 좋아하니까, 아마네 군이 기쁘면 저도 기뻐요. 그러니까…… 저만 말고, 아마네 군도 우선해 주세요."

마히루의 행복이 아마네의 행복인 것처럼, 아마네의 행복이 마히루의 행복으로 이어지는 것이다.

좋아하는 사람이 괴롭지 않게 웃으며 지내는 것이 가장 기쁘고, 그만큼 만족스러운 기분이 든다.

서로 그 감각을 공유할 수 있으니까, 마히루는 행복한 것이다. 아마네도 그러길 믿고 싶다.

"저도 아마네 군이 행복해지게 하고 싶어요. 저 '와' 행복해질 거죠?"

마히루 '만' 행복한 것도, 마히루 '는' 행복한 것도 좋지 않다.

아마네 '와' 마히루가 행복해지는 것이 중요하다.

둘 중 하나의 행복이 빠져도, 진정한 행복이라고 전혀 생각하지 않는다. 그런 건 불행의 시작이니까.

"응……."

조금 말문이 막혔던 아마네의 얼굴이 이윽고 안에서 천천히 녹은 것처럼 부드럽게 웃음을 띠는 걸 지켜보고, 마히루는 아마네의 다리 사이에 등을 기대고 앉은 자세에서 몸을 돌려 마주 보고 살짝 무릎을 꿇은 자세를 취한다.

그대로 아마네의 말을 조금만 가로막듯이 입술을 포개고 가까이서 들여다보자 넋이 나간 얼굴에서 조금 부끄러워하는 듯, 참는 듯한 얼굴로 변해 입술을 꾹 다무는 아마네.

"행복해졌어요?"

짓궂게 웃고 말을 걸자 못 이기겠다는 듯이 부드러운 눈빛이 코앞으로 다가왔다.

"조금 부족할지도?"

그렇듯 아마네도 짓궂게 웃고 보채듯이 마히루의 몸에 팔을 감아 끌어안으며 목에 얼굴을 파묻으니까, 마히루는 몸도 마음도 간지러워서 작게 웃으며 "아이참." 하고 혼내는 느낌이 되다만 소리를 내고 입맞춤을 받아들였다.

쓰다 만 오늘 일기에는 '지금 무척 행복해요.' 라고 쓰자고 마음먹었다.

© Hanekoto

# 후기

이 책을 사 주셔서 감사합니다.
작가인 사에키상입니다. '옆집 천사님' 단편집 2탄을 즐겁게 보셨을까요.

그런고로 이름은 나왔는데 본편에서 등장하지 않았던 시이나 집안의 가정부, 코유키를 드디어 등장시킬 수 있었습니다. 아, 본편에서는 도저히 내보낼 기회가 없어서 이런 형태가 아니면 좀처럼 등장시킬 수 없었단 말이죠.
마히루는 외모를 부모에게 물려받았지만, 분위기는 코유키를 닮았다는 개인적인 설정이 있습니다. 의외로 슈퍼 만능 엄마인 코유키 씨가 키워서 마히루가 저렇게 됐습니다. 마히루도 장차 저런 느낌이 될 겁니다. 아마도.
그리고 그 밖에도 번외편으로 아마네 군과 애정 행각을 벌이거나, 카도와키 군과 서로 속내를 캐려고 하거나, 이제는 완전히 후지미야 집안의 며느리가 된 모습을 쓰거나 하는 등, 즐겁게 글을 썼습니다.
지난번 단편집에서는 이츠키와 치토세가 잔뜩 나왔으니까 이번에는 유타와 시호코 등에 초점을 맞췄습니다. 아야카도 내보내고 싶었어요.

쓰고 나서 생각한 건데, 아마네는 마히루 시점에서 무진장 착실하네……? 그리고 홀딱 반했네……?

뭐, 홀딱 반한 건 본편에서도 다 아는 사실이니까 뒷북이네요!

이번 권에서도 하네코토 선생님이 멋진 일러스트를 그려 주셨습니다.

특별판 일러스트로 본편에서 볼 일이 없을 앨리스 패러디를 그려 주셔서 너무 귀여운 나머지 몸부림쳤습니다. 마히루는 진짜 에이프런 드레스가 잘 어울려……. 토끼 귀 아마네도 좋아.

일반판 표지도 귀여워요……. 잠옷 차림을 내가 봐도 될까?! 같은 기분입니다. 청초한데도 왠지 모르게 은근슬쩍 야릇한 마히루 양은 정말 좋다고.

특별판 소책자는 하네코토 선생님의 일러스트 갤러리가 붙는다고 해서 지금부터 무척 기대됩니다.

데이터는 받았지만, 역시 종이를 원해……!

마지막으로 신세를 진 여러분께 감사 인사를 드리겠습니다.

이 작품의 출판에 애써 주신 담당 편집자님, GA문고 편집부 여러분, 영업소 여러분, 교정 담당자님, 하네코토 선생님, 인쇄소 여러분, 그리고 이 책을 사 주신 여러분, 대단히 감사합니다.

다음 권에서 또 뵙겠습니다.

끝까지 읽어 주셔서 감사합니다!

© Hanekoto

# 옆집 천사님 때문에
# 어느샌가 인간적으로 타락한 사연 8.5

2024년 01월 25일 제1판 인쇄
2024년 10월 30일 제2쇄 발행

**지음** 사에키상
**일러스트** 하네코토

**제작 · 편집** 노블엔진 편집부

**발행** 데이즈엔터(주)
**등록번호** 제 2023-000035호
**주소** 07551 서울특별시 강서구 양천로 570 NH서울타워 19층
**대표전화** 02-2013-5665

**ISBN** 979-11-380-4070-9
**ISBN** 979-11-6625-555-7 (세트)

OTONARI NO TENSHISAMA NI ITSUNOMANIKA DAMENINGEN NI SARETEITA KEN Vol.8.5
Copyright ⓒ 2023 Saekisan
Illustration copyright ⓒ 2023 Hanekoto
All rights reserved.
Original Japanese edition published in 2023 by SB Creative Corp.

This Korean edition is published by arrangement with SB Creative Corp., Tokyo
in care of Tuttle-Mori Agency, Inc.

이 책의 한국어판 저작권은 데이즈엔터(주)에 있습니다.
저작권법에 의해 한국 내에서 보호를 받는 저작물이므로 무단 전재와 무단 복제를 금합니다.

구매 시 파손된 도서는 구매처에서 교환하실 수 있습니다.
기타 불편사항, 문의사항이 있으신 독자님께서는 노블엔진 홈페이지
[ http://novelengine.com ] 에서 Q&A 게시판을 이용해 주시기 바랍니다.